一狠心你就赢了

蔡践 编著

成都时代出版社
CHENGDU TIMES PRESS

图书在版编目（CIP）数据

一狠心你就赢了 / 蔡践编著 . -- 成都 : 成都时代出版社, 2016.7

ISBN 978-7-5464-1644-1

Ⅰ. ①一… Ⅱ. ①蔡… Ⅲ. ①成功心理—通俗读物
Ⅳ. ① B848.4-49

中国版本图书馆 CIP 数据核字（2016）第 110068 号

一狠心你就赢了

YIHENXIN NIJIU YINGLE

蔡践　编著

出品人	石碧川
责任编辑	李　佳
责任校对	李卫平
装帧设计	点石坊工作室
责任印制	干燕飞
出版发行	成都时代出版社
电　　话	（028）86621237（编辑部） （028）86615250（发行部）
网　　址	www.changdusd.com
印　　刷	三河市祥达印刷包装有限公司
规　　格	690mm × 980mm　1/16
印　　张	15
字　　数	210 千字
版　　次	2016 年 7 月第 1 版
印　　次	2016 年 7 月第 1 次印刷
印　　数	1-15000
书　　号	ISBN 978-7-5464-1644-1
定　　价	29.80 元

前言

雄鹰之所以能够傲视苍穹，是因为它有着搏击风雨的狠劲儿；溪流之所以能够奔赴大海，是因为它有着百折不挠的狠劲儿；一个人之所以能够功成名就，是因为他身上有着做事雷霆万钧的狠劲儿。一狠心你就赢了，这里的狠不是冷酷无情，也不是心狠手辣，而是一种非常的手段，一种促使你成为优秀人才、成功人士的人类生存的基本准则。

英国哲学家霍布斯在《利维坦》一书中提出“人对人是狼”的经典论断，在这个弱肉强食的社会大丛林里，一个人如果缺乏狠劲儿就很容易被“狼群”所“吞噬”。残酷的竞争环境下容不得弱者偏居一隅，要想不被“吃掉”就只有一条路可走：让自己变得够狠！

有一则电视广告说：“生活就是一场接一场的战斗，人就要对自己狠一点。”一句简单的广告词，一针见血地道出了做人做事的真理。要想在这个世界生存下去，就必须时刻做好应对危机的准备，因为在看似波澜不惊的表象下面，是一个接一个的生存挑战。家庭要美满和谐、事业要有所成就、人脉要费心经营，所有的担子都落在了我们的肩膀上，如果没有一股狠劲儿，就很容易被现实的重负压垮。

做人要对自己狠一点，这不是一个哗众取宠的命题，而是在现实生活当中很多人所面临的最真实的挑战。梦想是美丽的，现实却是残酷的，每个人都渴望成功，但成功却总是青睐一小部分人。若问成功者有什么秘诀，那肯定离不开一个“狠”字，有了这股狠劲儿，他们才能从芸芸众生中脱颖而出，才能在万人抢过独木桥的竞争中独占鳌头。

一狠心你就赢了，只有具备了这股狠劲儿，你才能让自己在逆境中屹立不倒，才能保持百折不挠的韧劲儿，做起事来才能雷厉风行、敢闯敢拼、不怕风险，即使遭遇了失败从不绝望，而是再接再厉，继续奋战，不达目的誓不罢休。有这股狠劲儿的人常常对自己有很高的要求，他们志向远大，有着苦行僧一样的做事习惯，做起事来霸气逼人，信心十足，纵然面对异常强大的对手，他们也能像狼一样隐忍，蓄积力量，等待放手一搏的时刻。

对自己狠一点，这不是一句空洞的口号，而是一种对胜利的宣誓，是所有成功者对人生的反思与领悟。本书围绕一个“狠”字展开，阐述了其内在的实质。书中运用了大量生动的事例，让读者在阅读时丝毫不觉枯燥，其中还不乏精致典雅的名句妙语和思路严谨的论述解析，为读者呈现了一场精彩纷呈的文字盛宴，相信一定可以让读者从中获益良多。

有时候，不逼自己一把，你永远都不知道自己究竟有多优秀。当我们不能改变世界时，就只有改变自己。活着，就应该对自己狠一点，有了这股狠劲儿，我们才能最大限度地激发体内的潜能，克服所有阻碍我们前进的障碍，创造出绚丽多姿的未来！

编者

2016.2.3

目 录
Contents

第 14 章 习惯决定未来：业精于勤荒于嬉，行成于思毁于随

第 15 章 信心决定成败：建奇功成竹在胸，成大业舍我其谁

第1章

逆境不算什么：不经一番寒彻骨，怎得梅花扑鼻香

经过风雨的树木，才能更显苍翠；摔过跤后再爬起，步伐才更稳健。逆境是我们人生路上的一道不可缺少的风景，弱小的人抱怨逆境，而强大的人却感谢逆境，因为逆境锻炼了他们的意志，激发了他们无所畏惧的狠劲儿。“宝剑锋从磨砺出，梅花香自苦寒来”，古往今来的成功人士，无不是经过逆境洗礼的强者，是逆境成就了他们辉煌的一生。

经历了破蛹之痛，才能舞动整个天空

蝴蝶的成长必须经历一个在蛹中痛苦挣扎的过程，在这个过程中，它体内的血液会不断涌向翅膀，直到翅膀变得足够强壮才能破蛹而出，在空中翩翩起舞。蝴蝶破蛹的过程是痛苦的，但正是这份痛苦成就了它的美丽，让它成为天空中最耀眼的舞者。

苦难如沙，人生如蚌，只有经历了沙的磨炼，蚌才能养育出光芒夺目的珍珠；苦难如火，人生如铁，只有经历过火的淬炼，才能将我们铸成锋利的宝剑。平坦的道路，脚步固然轻巧，但却无法留下前行者的足迹，只有经历了泥泞和崎岖，才能真正领悟成功的真谛。

霍兰德曾说："在最黑的土地上生长着最娇艳的花朵，那些最伟岸挺拔的树木总是在最陡峭的岩石中扎根，昂首向天。"磨难是人生的一笔重要财富，它能锻炼我们的意志，让我们变得更加强大，就像真正的大鱼都生存于波涛汹涌的江河之中，而平静无波的湖面之下，却只能生长一些小鱼小虾。

在一座山上有两块石头，它们的质地形状本来都差不多，但三年之后，两块石头的处境却发生了截然不同的变化。一块石头已经变成了佛像，受到无数人敬仰和膜拜；另一块石头却铺成了台阶，被无数人踩踏和碾压。

变成台阶的石头心里非常不平衡，它对变成佛像的石头说："老兄呀，三年前我们曾经是同一座山上的石头，今天却发生了这么大的差距，这让我心里很难过啊。”

变成佛像的石头回答：“老弟，你还记得吗？三年前我们遇到了一个雕塑家，你因为害怕砍在身上那一刀刀的痛，所以央求他只要把你简单雕刻一下就可以了，所以他把你雕成了台阶。而我却经历了锤子砸、钢锯锯、刻刀刻、砂布磨等无数的磨难，最后才变成了佛像，我经受的痛苦是你的百倍，所以才有了今天的境遇啊！”

何必抱怨命运的不公呢？那些光芒万丈的成功人士，都是经历过无数磨难才苦尽甘来的。年轻如你，与其顾影自怜，怨天尤人，不如狠下心来，好好磨炼自己。要知道，你今天承受的所有痛苦，都会成为未来成功的缘由。

漫漫人生路，难免会遇到很多崎岖坎坷，但只要披荆斩棘地走下去，就一定会“山重水复疑无路，柳暗花明又一村”，就像风雨过后的天空，总会出现美丽的彩虹一样。

传说，鹰的寿命可达 70 年，但要活那么长的寿命，它必须突破 40 岁那个关卡。到了 40 岁时，鹰的爪子开始老化，无法有效地捕捉猎物；它的喙变得又长又弯，无法顺利地啄食猎物；它的羽毛长得又浓又厚，无法再像从前一样一飞冲天。此时的鹰将面临两种选择：一种是默默等待死神的降临，另一种就是经过一个十分痛苦的蜕变过程后重获新生。如果选择后者，它就必须努力地爬到山顶，在悬崖上筑一个新巢。首先，要用它的喙击打岩石，直到喙完全脱落，然后静静地等待新的喙长出来。接着，鹰会用新长出的喙把爪子上老化的趾甲一根根拔掉，任凭鲜血一滴滴从悬崖上洒落。当新的趾甲长出来后，鹰再用新的趾甲把身上的羽毛一根根拔掉，经历风吹雨打之苦。等新的羽毛长出来后，鹰就完成了蜕变的过程，它就可以再次振翅翱翔，重新迎来 30 年的光辉岁月。

古往今来，多少仁人志士都是从逆境中涅槃重生从而取得成功的。春秋时期的孔子周游列国宣扬仁政，遭遇了无数冷遇却毫不退缩，晚年削笔而做《春秋》，成为中华第一圣人；战国时的孙膑遭受了刖刑，受尽苦难才得以活命，后来他指挥齐军取得了“桂陵之战”和“马陵之战”的胜利，成为我国历史上首屈一指的军事家；唐代诗人刘禹锡，遭革职贬谪，却不为压力所阻，仍以顽强的精神与政敌相抗争，坚守“二十三年弃置身”的高洁人格，最后终于迎来了仕途上的春天；宋朝词人苏东坡被贬黄州，但他没有自暴自弃，而是成熟于灭寂后的再生，将一腔悲愤化作了文学创作的动力，写出了前后《赤壁赋》那样的伟大作品。对于这些才华横溢的杰出人物来说，没有逆境就没有他们的成功和辉煌。

奥斯特洛夫斯基说过：“人的生命，似洪水奔流，不遇着岛屿和暗礁，难以激起美丽的浪花。”现实中，有人在逆境中跌倒，有人在逆境中成长，这其中的差别就在于你是否拥有那份异于常人的坚毅。身处逆境并不可怕，可怕的是没有挑战逆境的勇气和意志，只要我们坚定信念，拿出一股狠劲儿，就一定能乘风破浪，渡过难关，迈向成功的彼岸。

大石拦路，却是强者前进的垫脚石

有人问鹰："你为什么到高空去教育你的孩子？"鹰回答说："如果我贴着地面去教育它们，那等它们长大了，哪有勇气去接近太阳呢？"一个有所作为的人，不会担心把自己置身险境。大石拦路，弱者视为不可逾越的障碍，强者却视为成功路上的垫脚石。

在人的生命中，难免会遇到困难或者是低谷期，这时候如果你的意志力不够坚强，无法拿出愚公移山的那种狠劲儿来，是很容易被困难击倒的。"宝剑锋从磨砺出，梅花香自苦寒来。"只有经得住艰难困苦的考验，才能谱写出绚丽的人生篇章。

有位哲人说过："没有磨难的人生是空白的人生"。的确，没有倒下就没有崛起，没有失败就难言成功，不管你愿不愿意，人生都没有直达目标的坦途，挫折总是像影子一样伴随着你。乌云有时会遮住太阳，但只要你保持奋斗，终有一天会拨云见日。大凡成功的人都是经历了无数挫折，才淬炼出了坚强不屈的意志，从而一步步迈向事业的巅峰。

贝多芬早在 27 岁时就有听力障碍了，开始是左耳，后来右耳也患疾。随后，他的听力逐步衰退，52 岁时已被断定无法从事演奏和指挥的职业，那时他全聋了。

耳聋对这位天才的音乐家是个致命的打击，因此，他曾经产生过自杀的念头。然而，他那钢铁般的意志终于改变了他的人生观，他说：

“我要扼住命运的咽喉，绝不许它毁灭我！”所以，在听力衰退的22年里，他曾使用了各式各样的工具来帮助自己增强听力，包括一些喇叭形的助听器。然而，这类助听器辨别声音的能力并不强，因此，他就自己设计了一个可以固定在头部的喇叭形助听器。有时他还使用一支木质的鼓槌，一端咬在上下牙之间，另一端则附在钢琴上，这样声音的振动可以沿着鼓槌传到牙齿再传经头骨进入耳内。

贝多芬耳聋以后，学习和创作更加勤奋，他对时间更加珍惜。为了让艺术的火花永不熄灭，他每天都要长时间地练习弹琴，弹得多了，手指发热，他就在琴旁的凉水盆里泡一泡接着再弹，水滴在地板上积少成多，最后竟从地板缝漏到了楼下的房间里……

贝多芬懂得勤奋者既要珍视时间，同时也要在事业上舍得花费时间。他对创作的态度非常认真，他的作品都是经过反复思考、不断修改而成的。著名的《莱昂诺拉》序曲，写了不下三四稿；歌剧《费德里奥》第二幕开始的一个引子，竟改写了18次之多。

正是在与命运的顽强搏斗中，贝多芬成功地创作了一曲曲不朽的世界名作。当耳聋逐渐加重时，却正是他重要作品的产生时期：1801年的《月光奏鸣曲》，1804年的《第三(英雄)交响曲》，1806年的《第四交响曲》《热情奏鸣曲》，1808年的《第五(命运)交响曲》《第六(田园)交响曲》。而这些重要的作品，几乎都是完成在他那与世俗噪声隔绝的世界里。

贝多芬留给我们的，不仅是将永远流传下去的不朽乐章，更有那永远鼓舞后来的人们与失败和命运坚持斗争下去的宝贵精神。

拿破仑说过：“最困难的时候，也就是离成功不远的时候。”我们一定要记住，无论在人生中遇到什么困难，都不要惧怕和逃避，须知“困难像弹簧，你弱它就强”，只要你勇敢地迎上去，与之做“殊死一搏”，就一定可以征服困难，挺过这一关。

无数的事例证明，人一旦拥有那股自强不息的狠劲儿，就可以战胜一切艰难险阻，任何困难和挫折都不能阻止他前进的脚步。忍受压力而不气馁，勇于知难而进，这是一个人立足于世间的基本条件，是打开人生新局面的终极武器。所以我们应记住，面对困难也要勇往直前，这样就能更好地适应社会的发展，从而在充满竞争的社会中立于不败之地。

面对困难，你的选择是什么

鸵鸟遇到危险时，会把头埋入沙子里，以为自己眼睛看不见就是安全，心理学家将这种消极的心态称之为“鸵鸟心态”。其实人也是如此，面对困难，有人选择逃避退缩，有人选择迎难而上，前者意志消沉，萎靡不振；后者却取得了成功，收获了幸福。

传说，鸵鸟被逼得走投无路时会把头埋入沙土中，用这种自欺欺人的方式来逃避困难，这是非常可笑的。事实上鸵鸟的两条腿很长，遇到危险的时候，其奔跑速度足以摆脱敌人的攻击，如果不是把头埋藏在草堆里坐以待毙的话，是足以躲避猛兽攻击的。“鸵鸟心态”是一种逃避现实的心理，是不敢面对问题的懦弱行为。

人之一生，有顺境也有逆境，顺境固然有利于事业的成功，但逆境却能磨砺人的意志，激发人们战胜困难的斗志。俗话说：“吃得苦中苦，方为人上人”，温室里成长的花朵，常常经不起风雨的袭击；而在风浪中长大的海燕，却能傲视狂风骤雨。当困难来临时，有人视它为财富，有人视它为阻碍，不同的对待，往往就会有不同的结果。

前苏联火箭之父齐奥尔科夫斯基10岁时染上了猩红热，持续几天的高烧引起了严重的并发症，使他几乎完全丧失了听觉，几乎半聋的他默默地承受着其他孩子的讥笑和无法继续上学的痛苦。

齐奥尔科夫斯基的父亲是个守林员，整天到处奔走，因此教他读书写字的担子就落到妈妈身上。通过妈妈耐心细致的讲解和循循善诱的辅导，他进步得很快。可是正当他重新焕发出对生活的信心时，母亲却患病去世了，这突如其来的打击，使他陷入了极大的痛苦。他不明白，生活为何如此艰辛？为什么这么多的不幸都落到了他的头上？他今后该怎么办？是继续学习，还是选择放弃？

这时，父亲回到他身边，抚摸着他的头说："孩子！不要气馁，一定要坚强，靠自己的努力走下去！"于是，年幼的齐奥尔科夫斯基从此开始了真正的自学道路。他从小学课本、中学课本一直读到大学课本，自学了物理、化学、微积分、解析几何等课程。这样，一个耳聋的人，一个没有受过任何教授指导的人，一个从未进过中学和高等学府的人，由于始终如一的勤奋自学、刻苦钻研，终于使自己成了一个学识渊博的科学家。

巴尔扎克说："世界上的事情永远不是绝对的，结果因人而异，苦难对于天才是一块垫脚石，对能干的人是一笔财富，对于弱者是一个万丈深渊。"同一种命运，刚毅的人和懦弱的人会有不同的结局，懦弱的人屈从于命运，刚毅的人却用不屈不挠的精神去改造命运。

一个年轻人对父亲抱怨他的生活，抱怨事事都那么艰难，让他感到无力承受。他已厌倦了抗争和奋斗，因为他感觉困难是没有尽头的，一个问题刚解决，新的问题就又出现了，他想要自暴自弃了。

年轻人的父亲是位厨师，他把儿子带进厨房。他先往三只锅里倒入一些水，然后把它们放在旺火上烧。不久锅里的水烧开了。他往第一只锅里放些胡萝卜，第二只锅里放只鸡蛋，最后一只锅里放入碾成粉末状的咖啡豆。他将它们浸入开水中煮，一句话也没有说。

年轻人咂咂嘴，不耐烦地等待着，纳闷父亲在做什么。大约 20 分钟后，父亲把火关了，把胡萝卜捞出来放入一个碗内，把鸡蛋捞出来放入另一个碗内，然后又把咖啡舀到一个杯子里。做完这些后，他才转过身问儿子："亲爱的，你看见什么了？"

"胡萝卜、鸡蛋、咖啡。"年轻人不耐烦地回答。

父亲笑了笑，让儿子用手摸摸胡萝卜。年轻人摸了摸，注意到它们变软了。父亲又让儿子拿一只鸡蛋并打破它。将壳剥掉后，年轻人看到的是只煮熟的鸡蛋。最后，父亲让儿子喝掉咖啡，年轻人品尝到了咖啡的香浓。年轻人不解地问："父亲，这意味着什么？"

父亲解释说，这三样东西面临同样的逆境——煮沸的开水，但其反应各不相同。胡萝卜入锅之前是强壮的，结实的，毫不示弱，但经过开水之后，它变软了，变弱了。鸡蛋原来是易碎的，它薄薄的外壳保护着它呈液体的内脏，但是经开水一煮，它的内脏变硬了。而粉状咖啡豆则很独特，进入沸水之后，它们倒改变了水。

"哪个是你呢？"父亲问儿子。"当逆境找上门来时，你该如何反应？你是胡萝卜，是鸡蛋，还是咖啡豆？"

面对困难，有的人像胡萝卜，轻而易举地就被击倒；有的人则像鸡蛋，在困难的磨砺中变得刚强；而更厉害的人，却像咖啡豆一样去改变环境。

困难就是一把双刃剑，它既能使你坚强，也会使你脆弱。有些人认为，当无力扭转困境时，不妨选择逃避。其实逃避永远也解决不了问题，逃来逃去，到最后会看到问题依然未能解决。人们常说“苦难是人生的老师”，只有直面困难，挑战压力，才能让自己变得强大。

把挫折的压力变为前进的动力

文王拘而演《周易》；仲尼厄而作《春秋》；屈原放逐，乃赋《离骚》；左丘失明，厥有《国语》；孙子膑脚，《兵法》修列；不韦迁蜀，世传《吕览》……先贤明圣，大都是遭受了某种挫折以后，才化悲愤为力量，把毕生精力倾注于钟爱的事业，从而功成名就的。

所谓英雄本色，总是在经历过几番大风大浪之后才能够尽情展现。苦难造就天才，绝境产生奇迹，成功者的荣耀不在于永不失败，而在于跌倒后再爬起来，不言痛，也不言苦，狠狠心，咬咬牙，义无反顾地继续前行，每一次爬起来都是坚强意志的提升，每一次爬起来就又是一个崭新的开始。

俗话说：“人无压力轻飘飘，井无压力不出油”。遭遇挫折可能是不幸的，但真正的强者往往以此为契机，使其成为奋发向上的动力。在现代社会，又有谁没有遭遇过挫折和失败呢？关键就看你如何面对，只有那些敢于直面困难、百折不挠、化压力为动力的人，才有可能东山再起、创造辉煌。

哈利先生是美国一家大公司的员工，做事比较认真，就是有点患得患失，这与他曾经遭遇过的一次失败有关。

哈利进入公司的第二年，公司派他执行一次重要的任务，因一招不慎而惨遭失败，他感到非常的内疚和自责，从此一蹶不振。他最怕听到的，就是公司要派某人去执行某事这样的消息，生怕公司派他去执行这样的任务。

真是怕什么来什么，就在哈利先生遭受失败打击的第三年，公司要他到美国南部去掌管分公司，这下可真把他难住了，自己有能力掌管分公司吗？如果这一次又没干好，该如何交差啊？一想到这里，他就犹豫了，最后他拒绝了这一难得的重新证明自己的机会，他实在没有勇气承担这一职责。

后来，又出现过几次类似的机遇，哈利都没有去把握，而是找各种借口推辞了，直到退休，他还只是一个普普通通的员工。

太可悲了！仅仅因为失败过一次，就从此怀疑自己的能力和价值，这样的人只能一辈子生活在阴影里。

挫折和失败确实会让人产生重大的压力，但人的一生不可能一帆风顺。挫折是人生中不可避免的插曲，有些人在挫折面前一蹶不振，他们注定与成功无缘；有些人能够坚强地面对挫折，把挫折的压力变为前进的动力，所以最终才品尝到成功的甘甜。

美国推销大师乔·吉拉德小时候家里非常贫困，他做过报童，擦过皮鞋，长大后当过洗碗工、建筑包工头和电炉装配工等，前前后后做过差不多50多种工作。

在吉拉德35岁之前，他是一个穷光蛋，没有车，没有房，甚至还欠了一屁股债。当他看到自己的妻子每天对着一日三餐而发愁时，吉拉德就感到非常沮丧。后来，他在心里暗暗发誓，一定要改变这种现状，于是他开始了卖汽车的职业推销生涯。

吉拉德患有严重的语言障碍——口吃，大家都知道，推销员是靠嘴吃饭的，没有好的口才和表达能力，是很难做好推销工作的。刚刚进入

推销行业时，吉拉德苦练口才，争取早点把口吃的毛病改掉。吉拉德总是这样给自己鼓气："只要自己认为行就一定能行。"所以，他以极大的热情和专注投入到推销工作中，他抓住一切机会推销他的产品，同时也推销他自己。不管是在大街上，还是在商场里，只要碰到人，就把名片递过去，他这样做的目的是：寻找客户，如果有人想买车，也许有人会按照名片上的号码打电话来向他咨询，那么这位准客户极有可能成为他的客户。

后来，经过吉拉德的不懈努力，他的销售业绩日益见长，平均每天卖 6 辆汽车，成了全世界最伟大的销售员，被商界称为“能向任何人推销出任何商品”的人。

尽管遭遇了无数的挫折，但乔·吉拉德却一次又一次地将它们转化为行动的动力。他的成功给了我们一个启示：遭受挫折并不可怕，可怕的是在遭受挫折之后萎靡不振。只要不被挫折打倒，只要能把挫折的压力转化为前进的动力，就能彻底改变自己的命运。

一个人在追逐成功的过程中，困难会像雨点一般落到他的头上。要想从痛苦的困境中脱身出来，只有一条路可走，那就是将所有的困难与挫折统统都抖落在地，重重地踩在脚下，然后迈大步，继续朝着自己的目标前进。

不惧命运的考验，接受苦难的洗礼

一粒麦子，尚且离不开风雨、干旱、烈日、虫灾等挫折的考验，一个人又怎能脱离困难、失败的考验而实现成功呢？每一颗丰满的麦粒都要饱受风雨的洗礼，每一个成功的人都经受了苦难的考验。只有下狠心去迎接挑战的人，才能在风雨的砥砺中愈挫愈勇，一往无前。

希腊诗人米南德说过：“谁有历经千辛万苦的意志，谁就能达到任何目的。”挫折很多时候是意志力的“运动场”，当你坚持着跑完全程，就会获得更强大的力量。真正能获得成功的人，在顺境中不会为掌声和鲜花所陶醉，而是时刻居安思危；在逆境中也善于创造并利用有利条件，坚定而果敢地前进。

人类社会也和大自然一样有着“优胜劣汰，适者生存”的游戏规则，所以一个人想要有一番作为，在面对困难的时候就绝不能倒下。那些骨子里缺乏狠劲儿的人，是注定一事无成的。纵观古今中外，那些有所成就的人都是向困难挑战的胜利者。

戴安娜·高登是美国运动史上极具传奇色彩的滑雪运动员。她在很小的时候就梦想着能成为一名出色的滑雪运动员，然而，上天没有听到她的祷告，她不幸患上了骨癌，不得不被锯掉右脚以保住生命。后来，厄运又一个接一个地降临到她的头上，癌细胞在她身上不断地蔓延，最后戴安娜的乳房及子宫又先后被拿掉。面对如此悲惨的情况以及病痛的折磨，戴安娜没有向命运屈服，她暗自告诫自己：“不能倒下，我要对自己的生命负责！决不认输，我要向困难挑战！”就这样，戴安娜以顽强的生命斗志和战胜一切的勇气，历经磨难，终于在1988年冬奥会上赢得了滑雪冠军。此外还在美国历届滑雪锦标赛中赢得了29枚金牌，创下了多项世界纪录，为自己赢得了众多无上的荣誉。

世上很少有人能比戴安娜的命运更凄惨，但戴安娜却能在残酷的命运面前一次次挣扎着站了起来，最后取得了令人瞩目的成就，赢得了世人的无数喝彩声。是坚强的意志让戴安娜成为美国运动史上的传奇，而那些懦弱的人却只能淹没在历史的潮流中。

孟子曰：“天将降大任于斯人也，必先苦其心志，劳其筋骨，饿其体肤。”苦难是人生课堂上的必修课，是磨炼意志的试金石。在困难来临时，就是考验我们意志力的时刻，谁能经受其洗礼，谁就能走出困境，奔向成功。

美国有个叫宾·佛特逊的人，他在 24 岁的时候因为一次事故而导致双腿瘫痪，从此寸步也不能行走了。

当人们问起他当时的感受时，他说："起初，我怨恨，我反抗，诅咒命运。但随着时日的消逝，我发觉反抗只是徒增自苦而已，而从我残疾以来，所有的人——不论认识与否，都待我很亲切，所以，我要求自己也要以礼待人。"

人们再问他，是否认为那次事故是一桩可怕的不幸？

"不，"他立即答道，"如今，我反倒有点庆幸。"他说，自他摆脱内心的冲击和怨恨后，就开始进入新的生活天地，整日与文学名著为伍。14 年来，他总共读了 1400 本书。这些书籍开拓了他的视野，使他的生活非常充实，这些书同时也净化了他的心灵。

经过这次变故，他最大的收获，就是拥有了充分的思考时间。他说："从那次事故以后，我才具备观察世界的能力，能够判断事物的价值，我发觉我以前所向往的事物大部分都是无价值的。"

由于阅读范围变广，他开始对政治感兴趣，除致力于公共问题的研究外，还经常坐着轮椅到各地演讲。由此，他结识了许多朋友，许多民众也认识了他。

事实上，生活中每一个身残志坚的人，都在传达着这句话：就算这样，我也能活下去！这样的声音充满了不屈不挠的"狠劲儿"，充满了力量。成功者的字典里没有绝望，当希望蹒跚而来，闪现在他们眼中的是无尽的坚强。

海伦·凯勒在耳朵不能听、眼睛不能看、嘴巴不能说的情况下，成就了非凡的教育事业；身残志坚的美国前总统罗斯福，凭借着顽强的毅力，连任 13 年总统，成为一代典范政治家。他们没有因自身的缺陷而沉沦，而是努力让自己身上仅存的优点变成优势，并将其发挥得淋漓尽致，从而让自己走出自暴自弃的阴影，跨越世俗的阻碍获取成功。

第2章

保持十足韧劲：千磨万击还坚劲，任尔东西南北风

愚公移山，之所以能震动天庭，是因为他的那份执着；精卫填海，之所以能警示世人，是因为她的那份坚持。爱迪生说过："无论什么时候，不管遇到什么情况，我绝不允许自己有一点点灰心丧气。"人生不可能是一条平坦的大道，路上总是布满了荆棘，但是阳光总在风雨后，只要你有着坚持不懈的精神，就一定能翻越高山和大海，拥抱成功的彩虹。

狠下心来，永不放弃

玄奘取经，虽历经磨难却从没想过放弃，最终取回真经，为万民带来了福祉；爱迪生发明电灯，经历 2000 多次的失败也没有放弃，终于把光明带到人间。古今中外的成功事例都说明了这样一个真理：只有狠下心来，永不放弃，才能最终斩获成功。

冰心曾经写过一首诗："成功的花，人们往往只惊羡她现时的明艳，然而当初它的芽儿，浸透了奋斗的泪泉，遍洒了牺牲的血雨。"每个人的人生旅途中都会遇到许多挫折，只有保持永不放弃的精神，不断鞭策自我，才能最终到达成功的彼岸。

儒勒·凡尔纳是 19 世纪法国著名的科幻小说作家，被称为"现代科学幻想小说之父"，他的成功之路充满了曲折和坎坷。

1863 年冬天的一个清晨，一个邮递员敲开了凡尔纳的家门，递给凡尔纳一包鼓鼓囊囊的邮件。凡尔纳叹了一口气，接下了这个沉甸甸的邮件，这是凡尔纳几个月前写的第一部科幻小说《乘气球五周记》，可是他寄给各地出版社后，都被退回来了，这已经是第 15 次了。

凡尔纳回到书房，怀着忐忑不安的心情打开邮件，看到出版社的审稿意见上写着："凡尔纳先生：尊稿经我们审读后，不拟出版，特此奉还。某某出版社。"寥寥数语，却让凡尔纳内心再一次品尝到那种无法言喻的痛，经历这么多次的退稿，凡尔纳感到有些气馁了，他准备把自己的稿子扔进壁炉里付诸一炬，从此再也不写作了。

正在这时，凡尔纳的妻子赶了过来，她抢过手稿，紧紧抱在胸前。看着凡尔纳痛苦的样子，妻子安慰他说："亲爱的，不要灰心，再试一次吧，也许这次你会遇上好运的。"听到妻子的鼓励，凡尔纳慢慢冷静下来，他最后决定把这些手稿寄给第 16 家出版社。

幸运之神终于降临了，这第 16 家出版社读完他的手稿后，决定出版此书，并与凡尔纳签订了 20 年的出书合同。从此，凡尔纳辉煌的写作生涯就这样展开了。

俗话说"失败是成功之母"，轻易被失败击倒的人是不可能获得成功的。成功属于永不服输的人，正是因为成功的人在困难和屈辱面前不服输，才造就了一个又一个的传奇。

莎莉·拉斐尔是美国著名的电视节目主持人，曾经两度获奖，在美国、加拿大和英国每天有 800 万观众收看她的节目。可是她在 30 年的职业生涯中，却曾被辞退 18 次。

刚开始，美国大陆的无线电台都认为她的主持风格不能吸引观众，因此没有一家愿意雇用她。她便迁到波多黎各，苦练西班牙语。有一次，多米尼亚共和国发生暴乱事件，她想去采访，可通讯社拒绝她的申请，于是她自己凑够旅费飞到那里，采访后将报道卖给电台。

1981 年，她被一家纽约电台辞退，无事可做的时候，有了一个节目构想。虽然很多家广播公司觉得她的构想不错，但还是没有公司愿意雇用她。最后她终于说服了一家公司，受到了雇用，但她只能在政治台主持节目。尽管她对政治不熟，但还是勇敢尝试。

1982 年夏，她的节目终于开播。她充分发挥自己的长处，畅谈 7 月 4 日美国国庆对自己的意义，还请观众打来电话互动交流。令人想不到的是，节目很成功，观众非常喜欢她的主持风格和方式，所以她很快成名了。

当别人问她成功的经验时，她发自内心地说："我被人辞退了18次，本来大有可能被这些遭遇所吓退，做不成我想做的事情。结果相反，我让它们鞭策我前进。"

永不放弃，这是所有成功者的共同特质。在向着目标前进的过程中，不管遇到什么阻碍都不应轻言放弃，要知道"世上无难事，只怕有心人"，只要坚持不懈，就一定能成功。

荀子曰："锲而舍之，朽木不折；锲而不舍，金石可镂。"在追逐成功的道路上，如果遇到一点阻碍就知难而退，浅尝辄止，那必定会与成功无缘。我们应迈着坚定的脚步，执着地追求自己的目标，从而创造出属于自己的明天。尽管前方有太多迷惘，有太多的艰辛，我们也绝不能轻言放弃，而要毅然决然地选择继续前行。

保持一股韧劲儿，才能攀上巅峰

相传，能登上金字塔顶的只有两种生物：一种是鹰，一种是蜗牛。鹰自身有着得天独厚的优势，飞上金字塔顶不足为奇，但行动迟缓的蜗牛为什么也可以呢？蜗牛之所以能攀上金字塔顶，像鹰一样俯视众生，靠的就是它那股坚持到底的韧劲儿。

一个人假若真想做好一件事其实并不容易，这里边固然有诸如才智、环境、机遇等方面的因素，但主要还是依靠一股坚持不懈的韧劲儿。要想获得成功，我们不但要有"为伊消得人憔悴"的投入，更需要"十年磨一剑"的坚持。

虽然人的生存和发展背景是不同的，但含着金汤匙出生并不叫成功，那只能说是在某些方面比较幸运罢了，个人的成功还是需要自己的不懈努力。我们应抛弃一夜功成名就的侥幸心理，认识到只有坚持奋斗才能获得胜利的道理，踏踏实实地朝着目标迈进。

王献之是王羲之的第七个儿子，自幼聪明好学，在书法上专工草书隶书，也擅画画儿。他七八岁时始学书法，师承父亲。

有一次，王羲之看献之正聚精会神地练习书法，便悄悄走到背后，突然伸手去抽献之手中的毛笔，但献之握笔很牢，没被抽掉。父亲很高兴，夸赞道："此儿后当复有大名。"

王献之在练了一段时间字后，问母亲郗氏："我只要再写上三年就行了吧？"母亲摇摇头。"五年总行了吧？"母亲又摇摇头。王献之急了，冲着母亲说："那您说究竟要多长时间？"父亲王羲之走到窗前，指着院内的大缸说："你要记住，写完院里这 18 缸水，你的字才会有筋有骨，有血有肉，才会站得直立得稳。"

王献之暗下决心一定要把字写好，于是一咬牙又练了五年。他把一大堆写好的字给父亲看，希望听到几句表扬的话。谁知，王羲之一张张掀过，一个劲儿地摇头。掀到一个"大"字，父亲现出了较满意的表情，随手在"大"字下添了一个点，然后把字稿全部退还给献之。

王献之心中仍然不服，又将全部习字抱给母亲看，母亲认真地看了一遍，最后指着王羲之在"大"字下加的那个点儿，叹了口气说："吾儿磨尽三缸水，惟有一点似羲之。"

献之听后泄气了，有气无力地说："难啊！这样下去，啥时候才能有好结果呢？"母亲见他的骄气已经消尽了，就鼓励他说："只要你坚持下去，就没有过不去的河、翻不过的山。你只要像这几年一样坚持不懈地练下去，就一定会练出好字来的！"

献之听完后深受感动，又锲而不舍地练了下去。功夫不负有心人，王献之练字用尽了18缸水，在书法上突飞猛进。后来，王献之的字也到了力透纸背、炉火纯青的程度，他的字和王羲之的字并列，被人们称为“二王”。

苏轼曾说：“古之成大事者，非惟有超世之才，亦必有坚韧不拔之志。”冰冻三尺，非一日之寒。书法之道，向来无捷径可循。唯有勤学苦练，才能技艺精深。

成功是什么？成功是屋檐下一滴滴雨水穿透顽石，成功是一粒粒沙聚成高塔，成功是默默流汗、埋头苦干地付出。要想成功，需要的是长时间的坚持和努力，那些遇到一点阻碍就轻易放弃的人，终究不能由一粒种子长成参天大树，注定触摸不到成功的衣角。

纵观古今，那些成功人士在做事时大都怀着一股不达目的誓不罢休的韧劲儿，即使所走的路漫漫无期也绝不轻言放弃，正是这股坚持到底的韧劲儿造就了一个个辉煌的传奇。一个人要想从芸芸众生中脱颖而出，达到一个万人瞩目的高度，缺少这股韧劲儿是不可能成功的。

在锲而不舍中彰显做事的狠劲儿

江河入海，纵然遭遇无数暗礁和险滩，也能一往无前，不做丝毫停留，因为它们有着不达目的誓不罢休的狠劲儿。在追逐成功的过程中，即使受尽挫折也不应放弃，因为不懂得坚持就不能欣赏美丽的晴空，没有锲而不舍的狠劲儿就不能品尝胜利的果实。

《荀子·劝学》中说：“锲而舍之，朽木不折；锲而不舍，金石可镂。”意思是成功需要有持之以恒的精神，只要坚持不懈，成功总会属于我们！做事业不可能没有挫折，一遇到问题就失去信心，就想着放弃，这几乎是那些失败者共有的特征。相反，那些成大事的人，都有一种锲而不舍的狠劲儿，无论遇到什么样的挫折和难题，他们也不会轻易地把“放弃”两个字说出来，他们知道，放弃就意味着失败。

一般人对于暂时的磨难和短暂的痛苦是可以忍受的，但当痛苦和磨难旷日持久时就另当别论了。越是筋疲力尽的时候，越是对意志的考验，俗话说：“行百里者半九十”，意思是一百里的路程，走到九十里也只能算是走了一半而已，比喻做事愈接近成功愈困难。这时候一定要对自己狠一点，拥有锲而不舍的精神，不达目的誓不罢休。

锲而不舍，这是一种狠劲十足的奋斗精神，无论遇到什么样的困难，只要不言放弃，你终有一天也会创造出辉煌的业绩。

埃迪·阿卡罗小时候非常不幸，他不但长得又矮又瘦，而且学习成绩也不好，同学们都不喜欢他，还经常欺负他。所以他也不愿意待在学校，总是偷偷地溜到附近的赛马场玩。

后来，埃迪·阿卡罗萌生了学习赛马的想法。他的父亲看他在学习上没什么前途，也就同意了。学了一段时间后，那位驯马师告诉他父亲：“请把你的孩子领回家吧，据我观察，他是成不了骑师的。”

这件事对阿卡罗打击很大，但他并没有放弃。于是，他坚持不懈地努力争取着。终于，他得到了一个参加真正的赛马比赛的机会，这个机会对他来说难能可贵，可是他并没能把握好。比赛还没结束，他的马鞭和帽子却都掉了，连他自己也差点从马鞍上掉下来，他被其他选手远远地甩在了最后。

在这次糟糕的比赛之后好长一段时间，阿卡罗都没有再找到参加赛马的机会，因为人们已经对他不抱希望了。但阿卡罗不肯半途而废，他一直顽强地坚持着。终于，他的决心、坚持和执着打动了一位马主，马主决定再给他一次机会试试看。埃迪·阿卡罗终于有机会上阵了，但人们只要看他骑5分钟的马，就发现他太笨拙了。在他先前参加的近百场比赛中，不是在起点就被落在后面，就是深陷重围无法冲到前面，再就是磕磕绊绊地出事故。

阿卡罗又失败了。在那惨淡而漫长的岁月里，阿卡罗始终生活困苦，四处漂泊，他几乎没有一个朋友。他多次死里逃生，摔断几根骨头，遭受马蹄的践踏，他那瘦弱的身子接受着一次又一次致命的考验，但每次他都能重整旗鼓回到马鞍上。

终于，无数次的失败摔打让他的马技日渐圆熟，转机在他的不懈追求下出现了，阿卡罗开始一次接一次地取得胜利，失败再不是他的专利，他告别了那些暗淡无光的日子。

埃迪·阿卡罗的梦想终于变成了现实，在其30年的赛马生涯中，他共赢得了4779场比赛，成为历史上唯一在肯塔基赛马会上五次获胜的骑师。

著名篮球明星迈克尔·乔丹说过一句话："我可以接受失败，但我不能接受放弃！"其实成功与失败只差一点点，只要站起来的次数比倒下去的次数多一次，那就是成功。

很多伟大的作家之所以成名，都依赖于他们锲而不舍的奋斗精神，其作品并不是凭借天才的灵感一蹴而就的，而是经过耐心地精雕细琢，直到最后把一切不完美的痕迹除掉，才能够表现得那么高贵典雅。维吉尔的《埃涅伊特》是用了 11 年时间才完成的，孟德斯鸠写作《论法的精神》用了 15 年，亚当·斯密写作《国富论》用了 8 年多。凡事不能持之以恒，正是很多人失败的根源。只有保持锲而不舍的奋斗精神，才能斩获成功。

成功的秘诀无非"坚持"二字

古人说过："绳锯木断，水滴石穿。"一条绳子是无论如何也谈不上锋利的，但若能坚持不断地摩擦一根木头，最终就能把木头锯断；一滴水的力量看似微不足道，然而若能坚持不断地冲击石头，最终就能把石头冲穿。成功其实没什么奥秘可言，无非就是"坚持"二字。

人们往往虔诚而又谦卑地向成功者讨教成功的经验，当知道答案是"坚持"两字时，很多人都陷入了懊恼，叹息自己在做很多事时为什么半途而废。半途而废就意味着功亏一篑，譬如挖一口水井，在快要挖到水源的时候选择放弃，那么过去的努力也就白费了。

英国作家约翰生说过："成大事不在于力量的大小，而在于能坚持多久。”坚持是所有成功者的必备素质，没有持之以恒的坚持精神，就不可能做出举世瞩目的伟大成就。

古希腊大哲学家苏格拉底曾经给他的学生出过一道考题，用来说明他的哲学思想。他对学生说：“今天，我们只学习一件最简单的事，也是最容易做的事，那就是把你们的手臂尽量往前甩，再尽量往后甩。”在自己示范了一遍以后说：“是不是很简单？但是，从现在开始，大家每天都做300次。”学生们感到这个问题太可笑了，纷纷猜测老师下一步到底要干什么，见他没有其他目的后，就马上连声回答：“能、能！”一个月后，苏格拉底问：“哪些同学坚持做了？”这时有90%以上的学生骄傲地举起了手。两个月后，当他再次发问，能够坚持下来的只有80%。到一年后，再次问道：“还有哪些同学坚持每天做？”教室里只有一个同学举起了手，举手的人就是后来成为古希腊大哲学家的柏拉图。

我们都知道，万事开头难，但更多的人却败在不能善始善终，有了好的开头却不能坚持到底。无数事实证明，成功最重要的因素在于持之以恒，不能虎头蛇尾，半途而废的人最终也不会做成任何事情。

泰拳是一种进攻犀利、威力巨大的拳法，泰国有很多年轻人都想学习泰拳。有一个叫霍桑的年轻人，他到泰拳大师那里想要拜师学艺。大师带着霍桑来到一片热带丛林，指着一棵手臂粗的树说：“如果你真的想成为一个泰拳武术家，就利用你的身体去击断这棵树吧。”

“什么？”霍桑难以置信地望着这棵大树，以为大师是在开玩笑：“我只是一个血肉之躯，怎么可能把这棵树徒手击断呢？”

“要想学习泰拳的精要，就必须完成这个任务。”大师说完这句话，便转身离开了。

霍桑只好硬着头皮，开始尝试赤手空拳击打这棵大树。结果没过一会儿，他的双手就满是伤痕了。但霍桑不是一个轻易放弃的人，他继续坚持着。

后来，大师又带来了很多其他年轻人，并向他们提出了和霍桑一样的要求。所有人的脸上都写满了疑惑，有些人认为大师在耍他们，直接愤然离场；有些人虽然暂时留了下来，但坚持了没多久就挺不住了。日复一日，不断有人中途离开，最后只剩下霍桑一个人。

接下来的一年里，无论刮风下雨，严寒酷暑，霍桑都咬牙坚持着。不知不觉中，他的拳速越来越快，力量也越来越强。终于有一天，奇迹发生了，他将那棵树击断了。

霍桑欣喜若狂，赶紧跑去找大师，想让大师教自己真正的泰拳拳法。大师听完他的要求，笑着说："很多人想要跟我学泰拳，但都没能坚持下来，只有你坚持到了最后。击打树干的过程其实是在锻炼你们的身体，现在你已经掌握了泰拳所需要的劲道和速度，你的身体已经达到了一流泰拳武者的要求标准，接下来你只须掌握系统的泰拳招式就可以了。"

霍桑这才明白大师的良苦用心，也庆幸自己没有半途而废。自此，霍桑跟随大师专心习武，后来终于成为了一代泰拳名家。

在人生的竞技场上，谁能够坚持到最后，谁就是最大的赢家，就像是进行一场长跑比赛，只有大汗淋漓地跑完了全程，才能获得愉快的体验，享受到"一览众山小"的成就感。

谁都有心理受挫的时候，关键在于我们是否有勇气继续努力下去。绳锯木断，水滴石穿，再大的困境与挫折，只要有一颗持之以恒的心，就没有迈不过的难关。

像狼一样紧盯目标，志在必得

荒野中的狼在伏击猎物时极有耐心，为了选择合适的时机扑杀猎物，它们常常跟踪猎物数个小时，或者数十公里，甚至还可以从早上一直等到傍晚。正因为这份惊人的坚持，狼才能在残酷的野外竞争中存活下来。成功需要的就是这样一种紧盯目标、志在必得的精神。

一个人在有了理想和抱负之后，最重要的就是紧盯目标，志在必得，就好比去挖一座金矿，其实已经无限地接近目标了，但很多人却在锄头差一点就要挖到金矿的时候放弃了，多么令人遗憾呀。而那些锲而不舍的人，在坚定信念的支撑下，最终收获了成功的喜悦。

剧作家萧伯纳曾说过："多走一步，就可以缩短一步接近成功的距离。"其实胜利就在前方，你的任务就是坚持，就是再多走一步。"绳锯木断，水滴石穿"，那些看起来微不足道的力量，正是在日复一日的积累下，才最终变成强大的力量，支持你完成看起来不可能完成的任务。

有这样一则故事：

在日本，有个年轻人到一家电器厂去谋职，这家工厂人事主管看着面前的小伙子衣着肮脏、身材瘦小，觉得不理想，就信口说："我们现在暂时不缺人，你一个月以后再来看看吧。"这只是一个推辞，没想到一个月以后，这个小伙子真的来了。那位负责人又推说："过几天再说吧。"隔了几天，他又来了。如此反复了多次，主管只好直接说出自己的态度："你这样脏兮兮的是进不了我们的工厂的。"于是小伙子立即回去借钱买了一身整齐的衣服穿上再次去面试。负责人看他如此坚持，只好说："关于电器方面的知识你知道得太少了，我们不能要你。"不料两个月后，他再次出现在人事主管面前："我已经学会了不少有关电器方面的知识，您看我哪方面还有差距，我一项项来弥补。"这位人事主管紧盯着态度诚恳的小伙子看了半天才说："我干这一行几十年了，还是第一次遇到像你这样来找工作的，我真佩服你的耐心和韧性。"于是，小伙子得到了这份工作，并通过不断努力成为了电器行业的非凡人物。

故事的主角就是后来松下公司的总裁松下幸之助。他的成功之处就在于拥有一种可贵的精神——坚持。

对于任何一位怀揣激情理想的年轻人来说，经历这样一次次的拒绝，一次次的搪塞，必然会对他们的内心产生沉重的打击。很多年轻人在这样的打击下选择了退缩和放弃，然而松下幸之助却没有，他怀着一颗真诚的谦虚之心，一直坚持着，并通过不断地完善和改变自己，最终用坚韧的态度赢得了雇主的另眼相看。

人生旅途不可能总是平坦的康庄大道，路上总会有各种各样的荆棘和阻碍，但每一位成功到达终点的人都知道，要想成功就要有坚持不懈、不达目的誓不罢休的精神。只要能坚持下去，路上的荆棘、阻碍，都将通通为我们让道。

马特洪峰海拔高 4478 米，是欧洲阿尔卑斯山脉最著名的山峰之一。几十年前，有一支由业余爱好者组成的登山队准备攀登马特洪峰的北峰。他们的攀登活动引起了当地新闻媒体的关注。

在这些登山队员开始攀登前，新闻记者对这些来自世界各地的登山爱好者进行了采访。

记者问其中的一名登山队员："你打算登上马特洪峰的北峰吗？"

这名登山队员回答说："我将尽力而为。"

记者又问另一名登山队员："你打算登上马特洪峰的北峰吗？"

得到的回答是："我会全力以赴。"

接着，记者又问了第三个登山队员同样的问题，对方回答说："我将竭尽全力。"

最后，记者问第四个登山队员："你打算登上马特洪峰的北峰吗？"

那名队员激动地呼喊着："我一定会登上马特洪峰的北峰，完不成目标我绝不回来。"他的身体看起来并没有前面所采访过的队员强壮。

随后，这些登山队员就出发了。记者也对此进行跟踪报道。等到本次登山活动结束后证实，真正登上了马特洪峰北峰的只有一个人，就是那个说过"我一定会登上马特洪峰的北峰"的队员，其他人都没能坚持到最后。

为什么只有最后采访的那个队员成功登顶呢？原因就在于他在实现目标之前就怀着一种"志在必得"的心态。登山前采访时记者就明显感受到了他那种紧盯目标，不达目的誓不罢休的信念，这才是他成功的关键。其实，人生的道路何尝不像登山一样，只有具备坚持到底的韧劲儿，才能把握住改变自己命运的机会，登上人生的顶峰！

第3章

一迟疑就输了：莫因徘徊错机遇，该出手时就出手

美国著名成功学家卡耐基认为，一个成功者要果敢行事，必须善于抓住机会，利用机会。只有当你付诸行动后，才能得到意想不到的成效。现代社会是信息社会，信息瞬息万变，机会稍纵即逝。一个人要想适应当下的社会需求，就必须摈弃优柔寡断的性格特质，一旦抓住机遇，就要果断出击，下狠手、重手，这样才有可能先人一步，取得成功。

越是危急时刻，越是要当机立断

做事果断并非一意孤行的"盲断"，也非逞一时之快的"妄断"，更非一手遮天的"专断"，而是高瞻远瞩的"决断"。机会来临，需要毫不犹豫地把握；危急时刻，更需要当机立断的决策。古之成大事者，皆是"该出手时就出手"的豪杰。

遇事当机立断，是一个人果断性格的直接体现，是每一个追求成功的人所必备的性格特征。这是因为，一个人只有具有敏锐的眼光，能够及时作出决断，才能在复杂多变的社会中，应付自如，从而取得人生的成功。

现实生活中，一个人常常遇到的是一些风险型的事情，这就要求你有敢想敢干、刚毅果断的性格，不能追求四平八稳，因循守旧。正确的分析、判断才是当机立断的首要条件。果敢并不能简单地和轻率鲁莽作出选择划上等号，因为它是在深思熟虑的基础上作出的有根据的决定。

司马光是北宋著名的史学家，他小时候不仅聪明好学，而且做事非常果断。

有一次，他跟小伙伴们在后院里捉迷藏，有个小孩不小心从假山上掉到了下面的一口大水缸里。水缸里的水是满着的，那孩子掉进去瞬间就被淹没了，小伙伴们都吓呆了，哭喊着四散跑开，去向外面的大人求救。

危急时刻，司马光并没有像其他小伙伴一样慌乱，他看到水缸旁边有几块大石头，脑子顿时灵光一闪。他从地上捡起一块大石头，毫不犹豫向水缸砸去，只听“咣当”一声，水缸碎了一地，缸里的水流了出来，被淹在水里的小孩也因此得救了。

大人们赶到的时候，看到司马光已经救下了遇险的孩子，都纷纷夸奖他的机智和果断。这件偶然的事件使小司马光出了名，东京和洛阳有人把这件事画成图画，广泛流传。

不同的态度会产生不同的结果，如果司马光也像其他小伙伴一样慌乱，恐怕等大人到来时，那个落水的孩子就已经淹死了。越是危急时刻，越是需要当机立断，只有排除犹豫不决的态度，果断采取行动，才能达到预期的目的，才会不断地走向成功。

在人的一生中，有许多的重要决定都必须当机立断。在遇到某些危急情况时，你必须把自己所有的理解力和想象力激发出来，并马上思考更内在的东西，并使自己坚信这是在当时的情况下所能作出的最明智的决定，然后立刻付诸行动。

在圣皮埃尔岛发生火山爆发大灾难的前一天，一艘意大利商船奥萨利纳号正在装货准备运往法国。船长马里奥敏锐地察觉到了火山爆发的危险，于是他决定停止装货，立刻驶离这里。但是发货人不同意，他们威胁说现在货物只装载了一半，如果他胆敢离开港口，他们就去控告他。但是，船长的决心却毫不动摇，他坚定地说：“我对于培雷火山一无所知，但是如果维苏威火山像这个火山今天早上的样子，我一定要离开那不勒斯。现在我必须离开这里。我宁可承担货物只装载了一半的责任，也不继续冒着风险在这儿装货。”24 个小时过后，发货人和两个海关官员正准备逮捕马里奥船长，圣皮埃尔的火山就爆发了，他们全都被火山灰掩埋。这时候，奥萨利纳号正安全地航行在公海上，向着法国前进。

试想一下，如果马里奥船长迟疑不决的话，他会得到什么样的结局呢？毫无疑问，那将是玉石俱焚的结局。在一些必须作出决定的紧急时刻，你就不能因为条件不成熟而迟疑，你只能把自己全部的理解力激发出来，在当时的情况下作出一个最有利的决定。当机立断地作出一个决定，你可能成功，也可能失败，但如果犹豫不决，那结果就只剩下了失败。

歌德曾经说过："迟疑不决的人永远找不到最好的答案，因为机遇会在你犹豫的片刻失掉。"纵观那些成功者，都没有迟疑不决的习惯，即使是处在混乱中，他们也能果断地作出自己的选择。在很多时候，正是这种"立即行动"的做法造就了他们的成功。

狠下心来，果断出手才能成功

《汉书·项籍传》中说："先发制人，后发制于人。"很多时候，做事后知后觉只会让自己错失良机，落个扼腕叹息，抱憾终生的下场。关键时刻，只有狠下心来，果断出手，才能成功。俗话说"先下手为强"，趁对方毫无防备时，集中最优势的资源，在最短的时间内给予竞争对手最致命的打击，才能达到迅速战胜对方的目的。

做任何事情，如果过于慎重，反而会错失良机。虽然慎重是做事情的重要条件，但机会的把握却更加重要。在瞬息万变的社会里，把握时机，当机立断，是奠定制胜的重要法宝。这比那些崇尚空谈、迟疑不决要强上百倍。

果断意味着承担风险，如果我们没有足够的信心和勇气去承担这份风险，就很难培养出果断的做事风格。只要是自己认准的事，就应全力以赴去实施，想好了就不要犹豫，不管作出什么样的决定，总比不作决定要好。失败与机遇并存，风险和魅力同在，没有风险，就不会有波澜壮阔的人生，就不会有绚丽壮美的人生风景。

东汉时期班超是一位行事果断的人，他出使的第一站是西域的一个小国家，叫作“鄯善国”。史书记载鄯善国位于西域南北两道的桥头堡位置，战略地位相当重要。在使团刚刚到达鄯善国的一段日子里，鄯善王非常殷勤地招待东汉王朝的使团，礼敬甚备，后来却越来越疏懈怠慢了。班超判断，一定是北匈奴的使者也到了鄯善国。于是，班超把负责招待他们的侍者叫来，出其不意地问他：“匈奴使来了有一些日子了，现在一切还都好吧？”侍者一时间被问得惶恐不已，以为班超已经知道情况，只得将北匈奴使者到达鄯善的情况如实地告诉了班超。

果然，正如班超所料想的那样，北匈奴的使团也已经到达鄯善国了。班超听完后就把侍者关起来，以防走漏消息。他心中随即酝酿出一个大胆的计谋，所以就召集所有部下共饮。酒壮人胆，班超看属下都喝得差不多的时候，把目前的情况告诉了大家，激励大家说：“今天大家与我一起出使国外，都想以此来立大功，求富贵。而今，匈奴之人刚到此地，鄯善王便不再对咱们以礼相待了，咱们要怎样办啊？”众人高呼：“今在危亡之地，是生是死，都听从司马的安排。”班超见势拍案而起，对众人说：“不入虎穴，焉得虎子。当今之计，只有连夜以火偷袭匈奴。他们不知道我们的底细，这样一定会让他们人心大乱，我们正好趁这个机会消灭他们。如此一来，鄯善王必定会吓破了胆，就能功成事立了。”下属看到班超行事如此果断，纷纷同意了班超的计策。

于是当天夜里，班超带领着属下一群人，直奔北匈奴使团的营地。那天晚上恰好刮起了大风，班超命令十人持鼓藏在北匈奴使团的营寨后面，约定以火起为号，击鼓大呼。其余人则带刀枪持弓弩埋伏在寨门边。安排完毕后，班超乘着风势放火，顿时间北匈奴使团营地鼓噪大起，匈奴人不知所措，乱成一团，四下逃散。班超身先士卒，亲执兵刃斩杀三名匈奴人，部属吏士见到班超如此英勇，勇气大增，当场杀死包括北匈奴使团首领在内的三十多人，而北匈奴使团的其余人等，由于班超率众人把住寨门，皆不得逃脱，被活活烧死。这一战，班超率众以少击多，全歼北匈奴使团，而东汉使团却无一伤亡。

正是由于班超的刚勇果断，才漂亮地完成了自己的使命。机会对于每一个人都是均等的，所不同的是，聪明的人能够发现机会，果断的人能够抓住机会，而优柔寡断的人却总是一次次错失机会。做事果断的人总是能牢牢地把握住稍纵即逝的机遇，并拿出实际行动，因此他们往往更容易享受到人生的惊喜。

人们常说：“机不可失，时不再来”。机遇总是稍纵即逝的，犹豫不决是成功的一大忌。要想做到英明地决策，正确抓住难得机遇，就需要有一双目光敏锐、看得高望得远的火眼金睛和胆大心细的果断风格。从哲学的角度来讲，机遇只是个人发展成才的外因，它是成功的必要条件。有了机遇就有了成功的可能，但前提是你能果断地把握住它。所以说，你是否拥有果断的做事风格，才是决定你能否成功的关键所在。

一旦机会来临，就要猛然出击

机遇来去飞快，如白驹过隙，忽然而已；机遇行踪飘忽，如天马行空，无迹可寻。机遇是世界上最让人难以捉摸的东西，它来时不会提醒你，去时也不会通知你。正因为机遇可遇而不可求，所以一旦机遇来临，就一定要果断出手，猛出狠手，否则就有可能抱憾终生。

李嘉诚说过："机会不会坐着等你，若奢望机会可轻易到手的话，是绝不可能发生的事情。"你不要以为机会像是一个到你家里来的客人，它在你的家门口敲门，等待你开门把它迎接进来。恰好相反，机会是一种不可捉摸的东西，无影无形、无声无息，它有时潜伏在你努力的工作中，有时徘徊在无人注意的地方。假如你不用正确的方法去寻求，也许你永远不会遇着它。

洛克菲勒是美国著名的石油大王，他原本经营的是农产品代销，而且把这份事业做得有声有色，如果继续这样经营下去，他完全有可能成为该行业中的领头羊。然而，这一切却因为一件事而发生了改变。

原来，洛克菲勒有一个名叫安德鲁斯的朋友兼合伙人，此人是照明方面的专家。有一次，他对洛克菲勒说："伙计，煤油燃烧时发出的光亮比任何照明油都亮，它必将取代其他的照明油。想想吧，那将是多么大的市场，如果我们的双脚能踩进去，那将是怎样一个情景啊！"

听到安德鲁斯的这番话，洛克菲勒马上意识到机会来了，于是他果断地对安德鲁斯说："我们来做这个吧。"于是他们合伙投资了 4000 美元，做起了炼油生意。通过苦心经营，不到一年的时间，他们炼油所获得的利润就超过了农产品代销的利润，成为公司主营业务。这时候洛克菲勒更加坚信石油是一条新的生财之道，这里的前景大大刺激了洛克菲勒赚钱的欲望，更让他下定决心大展宏图。

随后，洛克菲勒放开手脚向石油业大举投资，但这激起了他另外一个合伙人克拉克的反对。克拉克认为石油是一朵盛开的昙花，难以持久。一旦没有了油源，那些投资就会变得一文不值。但洛克菲勒最终还是决定进军石油业，他说："在我眼里，金钱像粪便一样，如果你把它散出去，就可以做很多的事，但如果你要把它藏起来，它就会臭不可闻。"最后，洛克菲勒与克拉克分道扬镳。

后来，洛克菲勒回忆说："我的人生轨迹就是一次次丰富的冒险旅程，如果让我找出哪一次冒险对我最具影响，那莫过于打入石油工业了。"事实证明，洛克菲勒的一次次果断决策都是值得的，他在石油业取得了举世瞩目的成就，他拥有了克利夫兰最大的炼油厂，并且跻身世界最大炼油商之列。

在成功的路上奔跑的人，假如能在机遇来临之前就识别出它，在它消逝之前就果断出狠手，采取行动占有它，将它抓获，就能更有效地影响命运、改变命运。反之，机遇就会转瞬即逝，或者是日久生变，这样必将导致幸运之神的远离。

机遇对每一个人都是公平的，它绝不会无缘无故地降临。每个希望通过坐等来获得成功的人，等待他的只能是机遇与他擦肩而过，留下无尽的悔恨。很多人都有一种赌徒心理。而赌徒是运气的忠实信徒，他们必须靠手气决定输赢，这样的人生简直是场梦魇。生活对于他们来说是不会有什么机遇的，他们对前途永远茫然，永远无法掌握自己。只有保持敏锐的触觉，才能预感到绝佳时机的来临，将人生掌握在自己手中。

《致富时代》杂志上，曾刊登过这样一个故事：有一个自称“只要能赚钱的生意都做”的年轻人，在一次偶然的机会，听人说市民缺乏便宜的垃圾袋。他立即就进行了市场调查，通过认真预测，认为有利可图，马上着手行动，很快把价廉物美的垃圾袋推向市场。结果，靠那条别人看来一文不值的“垃圾袋”的信息，他在两星期内就赚了 4 万美元。

只要有好的想法，就应该立即付诸实践。说不定奇迹就等在你的前面！让我们记住《福布斯》杂志的创立者福布斯的名言吧：“做正确的事情，把事情做好，立即做！”

只有那些懂得如何利用“每一天”的人，才会在每一天都创造成功事业的奠基石，孕育明天的希望。做事要果断，不要去设想还有明天，而是要将今天牢牢地抓在手掌里，将现在作为行动的起点。这样做的时候，你就真正有了灿烂辉煌的明天。

犹豫不决是做事的大忌

一头毛驴在两垛青草之间徘徊，犹豫应该先吃哪一垛，奔波良久而不能抉择，最后竟然饿死在两垛青草之间，这就是著名的“布里丹毛驴效应”。其实很多时候我们就像这头毛驴一样，做事总是犹犹豫豫，畏首畏尾，以致最后一事无成。须知犹豫不决是做事的一大忌讳，只有果断出手，才能避免错失良机。

犹豫不决是成功和机遇的大敌，一个处事优柔寡断的人是很难有大作为的。我们在面对一些难以取舍的问题时，慎重考虑当然有必要，但是不能犹豫太长时间。一个人的精力是有限的，如果一直犹豫徘徊、患得患失，其结果只会是浪费生命。

有一位农夫，他早晨起来后告诉妻子说要去耕田。但他走到耕地边上的时候，却发现耕耘机没有油了。他打算立刻就去加油，却突然想到家里的三头猪还没有喂，于是便转身往家里走。经过仓库时，他望见旁边有几只马铃薯，他想起马铃薯可能正在发芽，于是又朝种植马铃薯的田地里走去。路途中，他经过木材堆，又记起家中需要一些柴火。当要去取柴火的时候，他看见了一只生病的鸡躺在地上……这个农夫就这样来来回回地跑着，从早上一直到夕阳西下。结果，油也没有加，猪也没有喂，柴也没有取，什么事也没有做好。

其实，人生就是一道道限时选择题，你必须在限定时间内大胆、及时地作出选择，犹豫不决只会让你与一个个足以改变命运的契机失之交臂。我们一定要战胜犹豫拖延的心态，时刻提醒自己：想成功就马上作出决定，不要犹豫不决。

在生活中，有时候完全没有必要想得太多，瞻前顾后反而会令你丧失很多机会。世界瞬间万变，等你一切都“想通”了，往往机会也就错过了。因此，“该出手时就出手”，爱思考虽然是一件好事，但如果考虑的过多，就会耽误很多宝贵时间，后果就可能糟糕得一塌糊涂，鸿门宴中项羽的犹豫不决就是一例。

项羽在入关之前曾屯兵新丰鸿门，刘邦则屯兵灞上，双方相距不远。谋士范增劝说项羽速攻刘邦，而项羽却踌躇不决，错失了良机。恰好此时曹无伤向项羽告密：“沛公欲王关中，使子婴为相，珍宝尽有之。”项羽闻言大怒，当即发誓次日便要消灭刘邦。然而就在这剑拔弩张的紧急时刻，被刘邦收买过的项伯，仅用三言两语，不但打消了项羽要“击破沛公军”的念头，而且还同意刘邦前来谢罪。

鸿门宴上，范增屡次示意项羽要他杀掉刘邦，可是项羽总因下不了决心而“默默不立”。待后来范增招来刺客项庄，企图让他趁舞剑之机刺死刘邦，但由于项伯乘机涉足其中，暗中保护刘邦，项庄又每每不能得手。对项伯的非常之举，项羽一味地姑息纵容，使范增的计划再度落空。

项庄舞剑失败以后，宴会上的气氛依旧十分紧张。就在刘邦欲走不能走、想留不敢留的极其矛盾之时，刘邦的骖乘樊哙闯进来将项羽大骂一通。不料，项羽这次非但没有发怒，反而称樊哙为壮士，对其赐酒赐肉，礼待有加，使得后来刘邦在樊哙等人的保护下金蝉脱壳，逃之夭夭。正是项羽的犹豫不决使他失去了除掉心腹大患的绝佳机会，想想他最后的结局，我们不能不为之叹息。

人的一生，经常需要在一些关键时刻作出一些艰难的决定，当我们面对那些难以取舍的问题时，思考、犹豫是必然的，但如果一个人过于优柔寡断，就是浪费成大事的机会。就好像项羽一样，该断不断，犹豫不决，其结果是浪费掉了本来属于自己的机遇，让刘邦夺得了原本属于自己的江山，最后落得个乌江自刎的结局。

果断决策、绝不拖延是一个成功者该有的作风，而犹豫不决、优柔寡断则是平庸之辈的共性。不同的处理事情的方式会产生不同的结果，如果你拥有了果断出手的狠劲儿，你就能在残酷的竞争中创造出一个又一个的佳绩。

少一分无谓的犹豫，就多一分成功的可能，无数事实证明，做事优柔寡断会使你在反复考虑之间错失成功的机会。当幸运女神来敲门的时候，你怀疑她是否可信，犹豫着要不要开门，而当你考虑良久终于决定打开门的时候，幸运女神早已走远了。倘若每一次机会都在这样的犹豫不决中失去，成功将与你渐行渐远。

机遇一旦错过，就不再回来

机遇是个调皮的精灵，倘若你对它不理不睬，它就会藏起来，让你再也找不到；机遇是位腼腆的美人，倘若你对她熟视无睹，她就会远远走开，绝不会回头留恋。美国有句谚语："闪电决不会在同一地方落两次"，比喻机遇决不会在同一时间、同一地点反复出现。所以，当机遇来临时，一定要好好把握，否则一旦错过，就再也回不来了。

在现实生活中，我们会经常听到有些人说，某某的运气特别好，每次机遇都被他抓住了，所以才取得了成功。其实，机遇对每个人都是公平的，你不是缺少机遇，而是缺少用积极主动的态度去寻找机遇，把握机遇。有时，明明机遇已经来到了你的身边，你却在犹豫不决中与之擦肩而过，以至于悔恨终生。

在动物界，鹰是蛇的天敌，蛇一看见鹰就不得不找个地方躲起来，不然就会被吃掉。但是，有一条蛇却决定向鹰挑战，为死去的同伴报仇雪恨，捍卫自己家族的荣耀。

这条蛇审视了自身的条件，发觉自己既不会像鹰那样飞翔，也不会像羚羊那样奔跑，于是只好苦练喷射毒液的本领。经过长时间的刻苦练习，这条蛇自信毒液的喷射几乎已经达到了百发百中的水平。终于有一天，它和鹰遭遇了。

这条蛇既不躲藏也不逃跑，它静静地俯在地上，挑衅地向鹰吐出火红的信子，眼睛里喷出愤怒的火焰。鹰在空中一个盘旋，俯冲而下，但到了蛇的跟前，看到蛇这样蓄势待发的样子，不禁迟疑了一下，又振翅飞到了高空，因为它以前从没见过敢这样勇敢反抗自己的蛇。

鹰对这条蛇产生了好奇心，它想看看这条蛇究竟和其他蛇有什么不一样。于是，鹰飞旋在空中，用锐利的眼睛紧盯着地面上的蛇，它越飞越低，离蛇越来越近。就在和蛇擦身而过的时候，蛇猛然昂起头，向它喷射了一口毒液。然而，毒液没有喷到鹰身上，因为鹰的飞行技巧实在太棒了。

"原来你想要用毒液伤我，哈哈，不自量力的小东西。"鹰看到蛇除了喷射毒液之外再无其他本事，就放松了警惕，它在空中不停地滑行、俯冲、盘旋，动作迅速而优美，灵活而矫健。

蛇没有理会鹰的嘲笑，而是继续找机会瞄准射击。时间久了，蛇的毒液就有些不够用了，它的身体开始有点颤抖。可是，它仍旧坚持瞄准着空中的目标，伺机发起新一轮攻击。

"哈哈哈，毒液快用完了吧？你这坏家伙。想射中我，你还差得远呢！"当鹰又一次巧妙地躲避开蛇的毒液时，笑得更得意了。

这时，一只山猫从洞里爬了出来，看到这一幕后，对天空中的鹰说："你何必费尽力气和一条恶毒的蛇斗呢？虽然蛇很难射中你，但是，它每次失误带来的损失也就一口毒液而已，可你只要一次失误，失去的可就是你的生命呀！"

听了山猫的话，鹰惊出了一身冷汗，是呀，自己何必要劳神费力跟一条根本就不是对手的蛇斗呢？于是，它决定马上吃掉这条蛇结束战斗。可是，毕竟刚才飞的时间太长了，鹰感觉翅膀有些僵硬，飞翔速度有些迟缓。就在这时，蛇瞅准了机会，用尽最后的力气把一口毒液喷射出去，正好落在鹰的眼睛里，鹰重重地摔在了地上。临死前的一刹那，鹰十分后悔，因为，它原本是有大把的机会打败那条蛇的。

面对机会，有些人就像那只鹰一样，没有做到当机立断，而是优柔寡断，踌躇不前，最后只能看着机会白白溜走，抱憾终生。

一个人在面临抉择的时候，考虑周全当然是有必要的，但如果犹豫的时间太久，却可能让我们失去更多。所以，我们不能对这个问题一概而论，而要用正确的方法和心态去对待。

首先，我们要控制考虑的时间。随着社会的发展，时间就是金钱的观念已经越来越重要。对于某些事情，如果你能够很好地控制思考时间，当机立断，就可能获得比别人更多的机会。人们常说："机不可失，时不再来。"意思就是说在机会来临的时候，一定要在第一时间抓住，否则失去了就很难再出现。遇事需要慎重考虑，这没有错，但关键是不是能够更好地把握好时间。长时间地想而不决，就会让一个人变得犹豫。所以，觉得是对的事情，不妨当机立断。

其次，要用正确的态度看待成败。不能够作出决定的人，固然不易有失败的机会，但也绝对不会有成功的可能。很多人之所以会犹豫不决，最大的原因就是担心失败，怕有风险，怕自己吃亏，其实你大可不必如此。古人说过"鱼和熊掌不可兼得"，你选择了"鱼"就必然要放弃"熊掌"，反之亦然。只要你的选择对你来说是利大于弊，那么你的选择就是有意义的。所以，正确看待成与败，少一些犹豫，就会少一些患得患失。

第4章

拿出你的闯劲：叱咤风云闯天下，纵横捭阖定乾坤

人生就像一艘小船，在无边无际的大海中航行，危险总是与你不期而遇，暗礁总是环绕在四周。但这并不能成为你畏缩不前的理由。鲁迅说过“真正的勇士，敢于直面惨淡的人生”，高尔基也曾发出“让暴风雨来得更猛烈些吧”的呐喊，相信只要你敢闯敢拼，遇到再大的困难都勇敢去闯，就能迎来更加辉煌的明天。

想知道世界的精彩，只有亲自去走一走

有些人，他们憧憬世界各地的奇幻风光，喜欢看旅行探险类的电视和杂志，却不敢真的走出家门，这其实只是“叶公好龙”而已。古人说“纸上得来终觉浅，绝知此事要躬行”，要想知道这个世界到底有多么精彩，只有亲自去走一走才行。

世界之大，无奇不有，只有走出门去，积累丰富的人生阅历，才能体味出生命的真正意义。倘若一辈子偏居一隅，即使读破万卷诗书，也只能变成一个书呆子。如果不敢迈出旅行的第一步，就无法零距离欣赏那些绝美的自然风光，无法感受探险猎奇的无穷乐趣。

在一个古老的部落里，有一个青年人决定走出山林，闯荡天下。临行前，他来到酋长的帐篷中，请求酋长赐予他勇气和祝福。酋长只淡淡地对他说了三个字：不要怕。

青年人上路了，经过长时间的努力，他终于干出了一番事业。几十年后，满脸沧桑的“青年人”又回到了部落。这时，给予他祝福的酋长已经死去。有人把酋长临死前留下的字条放到他的手中。他打开字条一看，上面赫然写着三个字：不要悔。

既然胸中有着一颗躁动的心，就一定要出去闯荡一番，什么都“不要怕”。到了外面的世界，就要放开手脚大干一番，无论成功还是失败，都记住“不要悔”，因为你已经奋斗过了，你的一生已经没有

遗憾。

李斯是秦朝名相，他曾经辅佐秦始皇嬴政一统天下，立下了汗马功劳。可是很少有人知道，李斯年轻时只是一名小小的粮仓管理员，他的立志发奋，竟然是因为一次上厕所的经历。

那时的李斯只有二十六岁，是楚国上蔡郡府里的一个看守粮仓的小文书，他的工作是负责仓内存粮进出的登记，将一笔笔斗进升出的粮食进出情况记录清楚。

日子就这么一天天过着，李斯也没觉得这有什么不对。直到有一天，李斯到粮仓外的一个厕所解手，这样一件极其平常的小事竟改变了李斯的人生态度。

那天，李斯进了厕所，尚未解手，却惊动了厕所内的一群老鼠。这群在厕所内安身的老鼠，瘦小枯干探头缩爪，且毛色灰暗，身上又脏又臭，让人恶心至极。

李新看见这些老鼠，忽然想起了自己管理的粮仓中的老鼠。那些家伙，一个个吃得脑满肠肥，皮毛油亮，整日在粮仓中大快朵颐，逍遥自在。与眼前厕所中这些老鼠相比，真是天上地下啊！人生如鼠，不在仓就在厕，位置不同，命运也就不同。自己在上蔡城里这个小小的仓库中做了八年小文书，从未出去看过外面的世界，不就如同这些厕所中的小老鼠一样吗？整日在这里挣扎，却全然不知有粮仓这样的天堂。

李斯决定出去闯荡一番，于是第二天他就离开了这个小城，去投奔一代儒学大师荀况，开始了寻找“粮仓”之路。二十多年后，他成了大秦王朝赫赫有名的丞相。

不想做将军的士兵不是好士兵，没有闯荡精神的人难有无悔的青春。如果想成就一番事业，必须具备敢闯敢拼的精神。敢闯敢拼不仅是一种勇气和魄力，还是一种强者的姿态，它最重要的意义在于，不论你最终取得怎样的结果，成功也好，失败也罢，你都无悔这一生，因为你曾经奋力战斗过。

所以，趁你还有机会，大胆地出去闯荡吧，拿出你的狠劲儿来，不要被现实的羁绊所束缚。纵观古今中外的成功者，哪个不是拼尽一生为了目标而奋斗，如此才不负这多彩多姿的世界，才能让自己的生命焕发出夺目的光彩。

怀着一腔热血，拼出一个未来

你渴望成功吗？那么你就要做在天空飞翔的雄鹰，向着更高更远的目标前进；而不要做枝头停驻的鸦雀，一辈子在屋舍田间嬉戏打闹。只有放开自己的手脚，闯荡一番，才能见识世界的精彩；只有怀着一腔热血，放手一搏，才能拼出一个未来。

在前几年，浙江义乌的街上有一条公益广告，是某家广告公司老板自己花钱做的，上面有这样一段话：为什么你的邻居都开上了宝马，而你却还骑着自行车？为什么别人已经开始行动了，而你才刚刚意识到？为什么你经过了十多年的努力，还在原地踏步？下一个被社会淘汰的人会是谁？这些话充满着力量，其实就是告诫人们要有闯荡精神。

冯志久原本只是一名流浪汉，过着四处漂泊的艰辛生活。

1990年，冯志久跟随数百万淘金者涌到珠江三角洲，却发现这里早已人满为患。他想像其他人一样到工厂打工，但因年龄大，无技术，问了好多工厂都不肯收他。

冯志久百无聊赖，就在当地的各家工厂附近转悠。他看到工人们下班后都端着饭盒往街上的小店子里跑，于是脑子一转，心想怎么不再开一个供打工者吃饭的小店呢?

说干就干，冯志久把心一横，租了一间民房作厨房。每天中午和晚上，冯志久都会担起两桶饭菜，在蜂拥的人群中推销，刚开始一天下来只能挣几十块钱。但因为他的饭菜味道好，量也足，很快就畅销起来。

过了一段时间，冯志久凑足 37000 元资金，在广州黄埔大道边租了一间 5 平方米的店铺。小店一开张，就像鲜花引蝶似的引来了众多的顾客。冯志久经营主要的绝招，就是收费低。那时广州的饭店快餐时价最低是 2 元，而他却一律为 1 元。

冯志久辛辛苦苦忙了一个月，结账之后，除了开支，一共赚了 2000 元。后来，他又增添了桌凳餐具，雇了临时工，扩大门面，每天早餐卖粉儿，中晚餐卖饭，一律 1 元 1 份。

这样，每天的顾客少说也有 500 多人，最多达 1000 多人。冯志久挣钱的奥妙在于薄利多销。每份 1 元的饭菜其实是没什么挣头的，但他走的就是薄利多销路线。如果每天能卖 1000 份，就可挣 300 元，一个月就是 9000 元。

几年下来，冯志久已经成为身家上百万元的富翁，人们称他为“1 元钱大亨”。

一个没有勇气去闯荡的人，从一开始就放弃了成功的机会。有些人年过半百依然敢从头再来，有些人即便是风华正茂也未必会放手一搏。一个人最大的敌人往往不是对手，而是自身，如果不对自己狠一点，就永远也闯不出自己想要的未来。

秦勇毕业后被分配到一家国有企业，成了一名技术员。在当时，这是一份万人难求的金饭碗，只要勤勤恳恳地工作，就能按部就班地成家立业。但已经为人父的秦勇，却开始面临自己人生中的一次重大选择。

那个时候，很多热血青年纷纷南下，想在富饶的南方干出一番事业。然而当朋友们力邀秦勇辞职一起南下时，他却犹豫了。不放心家里年迈的父母，担心年幼的儿女，更重要的是，一旦辞职就会失去一份稳定的收入。万一南下掘金不顺利，赚不到钱，到时候自己又该拿什么养家糊口呢？既担心丢掉稳定的工作，又害怕即将到来的未知，经过反复权衡，秦勇最终放弃了辞职南下的念头。

转眼间30多年过去了，当时南下的同学朋友，有的已经成为身家上亿的商业大亨，有的已经全家移民海外，有的在知名企业身居高层收入不菲，唯有秦勇还是一个小小的技术员，而且随着单位越来越不景气，他的收入也越来越寒酸。

如果想成就一番事业，就必须有“纵是刀山也要闯一闯”的勇气和魄力。美国小说家欧内斯特·米勒尔·海明威至今都是美国人民心目中的硬汉，他用自己的作品诠释了一种“人不是生来要被打败的，你可以消灭我，但你打败不了我”的精神。他尝遍了很多人生苦难，甚至向大自然发起了挑战，并以此为乐，这种闯荡精神值得我们每个人学习。

敢闯敢拼，才能有酣畅的人生

活在这世上，谁不年少轻狂，独自闯荡，即使风雨同舟，荆棘遍野，也不能阻隔追梦者的翅膀。当你步入垂暮之年，回首往事，是留下无悔的青春记忆，还是无尽的悔恨绝望？如果不想抱憾终生，就做个敢闯敢拼的人吧，这样你的人生才能淋漓酣畅。

高尔基曾经说过："一个人追求的目标越高，他的才力发展得越快。"一个敢闯敢拼的人常常不满足于现状，总是向着更高的目标大步迈进，因为只有在奋斗的过程中，他才能感受到生命的美丽和世界的精彩。

社会的进步离不开人们的敢闯敢拼的精神，如果没有这份闯荡的劲头儿，社会发展就会停滞不前，正如鲁迅先生所说——不满是向上的车轮。社会之所以能够不断发展进步，一个重要推动力量，就是我们拥有这只"向上的车轮"。人也是一样，一个人只有具备了这种力争上游、敢闯敢拼的精神，才能从芸芸众生中脱颖而出，成为万众瞩目的佼佼者。

李小龙的童年是在香港度过的，那时的他是一个调皮捣蛋、到处闯祸的孩子。一次，他打伤了一个英国督察的儿子，家里人非常担心，便把李小龙送到美国去避一避风头。

当时的李小龙很不理解家人的做法，他想："不就是在学校里教训了一个瞧不起自己的人吗？更何况这一次明明是他先向我挑衅的，但现在为什么反倒是我做错了事情，要背井离乡地跑到美国去避乱呢？"

父亲看出了他的不满，语重心长地对他说："孩子，现在这里是英国人管辖的地盘，我们中国人在这里反而没有了地位，处处都要看别人的脸色行事。你要知道，当我们自己不够强大的时候，就只能够叮嘱自己事事小心，这也是没办法的事啊。"

李小龙听了，心中暗自下定决心："我一定要让自己强大起来，不仅要让自己和家里变得富有，而且还要获得人们的关注，成为一个有实力、有影响的人。"就这样，李小龙来到了大洋彼岸的美国，并开始在那里潜下心来钻研武术，以及如何将它们运用到实战中去。

为了扩大中国武术在美国的影响，李小龙在学校里成立了"振藩国术馆”，专门教对中国武术感兴趣的大学生，也因此而树立起了自己的武术威望。

后来，李小龙还参加了全美大学生武术联赛，并在大赛上力克群雄，战胜了一位又一位武术高手，最终获得了武术冠军。这时候，好莱坞的影片制作人发现了这枚硕大的“东方明珠”，开始和李小龙商量拍电影的事情，于是他慢慢转型为动作演员。

不过，拍电影的事业也并不是一直那么一帆风顺，李小龙的东方面孔也经常招致非议和歧视。但是，李小龙并没有因此而退缩，他已经下定决心要在好莱坞闯荡出一片新天地。

李小龙的电影播映后，许多外国人都惊讶不已，没想到中国人也能有如此迅捷的动作，如此刚猛的拳法，还有这么好看的招式。从此以后，李小龙的名气越来越大，并逐渐成为世界上最著名的功夫巨星。

无论是面对充满风险的机遇，还是面对严峻的困难与挫折，抑或是面对强大的竞争对手，我们都应该像李小龙那样敢于“闯一闯”，用强者姿态去回击一切质疑。也许有时候你觉得胜算微乎其微，但只要你敢闯敢拼，就有可能赢得成功的青睐。

敢闯敢拼是一种积极向上的、立志有所作为的精神状态，意思与勇于进取相近，但更能体现出人们的决心和魄力，这是人类全面发展和不断进步的必要条件之一。一个没有进取精神的人，他的前途必然十分暗淡，毫无亮点；只有敢闯敢拼的人，才会不断挑战更高的目标，从而实现自己的人生价值。

不甘平庸，就出去闯荡一番

年少时，很多人都将自己的人生规划得绚丽多姿；长大后，还有多少人能坚持当初的梦想？如果你甘于平静，大可在自己的小圈子里享受闲情逸致；如果你不甘平庸，那就该勇敢地出去闯荡闯荡，这样才能无怨无悔，才能对得起自己的初心。

追逐成功的路上总是障碍重重，只有狠下心去闯荡一番，才能最终迎来胜利的曙光。有一位哲人曾经说过："如果在困境前止步，往往只会拥抱失败；如果在困境中坚守，常常会迎来成功。"成功需要狠下心来去闯荡，做人不狠，万事难成。

每个人都曾有过雄心壮志，但在遭遇了挫折的打击之后，很多人放弃了努力，从此甘于平庸。归根到底，是因为他们对自己不够狠，缺乏闯荡世界的狠劲儿，才没有勇气让自己承受失败的痛苦。但无数事实证明，只有你对自己足够狠，成功才会属于你。

在这个世界上，没有谁是一帆风顺的幸运儿，衔着金钥匙出生的人毕竟只是凤毛麟角，重要的是不要因失败而变成懦夫，洛克菲勒曾说："碰到困难时，我们要再战一回合。每一个人的内在都有无限的潜能，除非我们知道它在哪里，并坚持用它，否则毫无价值。”人的一生就应该如此，拿出闯荡世界的狠劲儿，向着自己的目标大步迈进。

著名的财务软件公司——用友公司——总裁王文京是一个不满足现状、具有不断进取精神的人。他大学毕业后被分配在国务院机关事务管理局工作，在单位他是个工作骨干，负责起草的中央国家机关行政会计制度一直被沿用到1990年之后。在单位，王文京还曾负责实施了中央国家机关行政会计电算化工作。

王文京在单位可算是个“红人”，他曾被评为先进工作者，并曾在全局干部大会上作先进事迹报告。如果在机关发展可能会很有前途，但王文京并不满足于现状，他认为他还有很大的潜能有待于开发。于是，在他24岁的时候，决定到实业界去发展，到经济生活的第一线去开创一番新事业。王文京意识到办企业才是他个人的长远选择。他认为：“计划经济中机关是最好的单位，但市场经济中企业越来越重要。”

1988年下半年，王文京正式辞职下海。辞了职的王文京，人事关系转到街道，他成了待业青年。所以，以最低的企业形式——个体工商户注册了“用友财务软件服务社”。这时候，他根本就没有想过软件会像汽车一样成为一个产业。“我只是感到软件在世界上很有前途，财务软件在中国会有发展的机会。”王文京对应用软件从来没有悲观、失望过。“重要的不是现在起点是高是低，以及现在的规模是大是小，而是去做。绝对不要怕，哪个企业都是从小发展起来的，坚持下去，一定会有大发展。”

在王文京看来，在应用软件上，民族软件有挑战国外软件的实力。组成软件产业的三项战略资源是：人才、市场和资本。市场我们比印度要大得多，印度内需市场很小，美国软件能发展起来，就是因为它有庞大的国内市场，中国的市场在未来没有问题。人力资源中国很丰富，虽然目前暂时缺乏系统分析人员和项目管理人员，但这些问题随着发展可以解决。资本问题本来被看作一个很大的问题，但是最近完全改观了，无论是国内资本还是国际资本，都在向中国软件上面投资。

王文京凭他的拼劲和闯劲，在短短几年内就把用友公司做成了国内知名的民营企业。2000 年 11 月，他被美国《福布斯》杂志评为中国内地 50 富豪之一。

当一个人有狠劲和拼劲时，遇到困难，他才不会轻易放弃；在遭受挫折时，他才不会轻易妥协；面对机会时，他才会用力去拼，想尽一切办法，占据先机，化被动为主动。

只要你留意，你就会发现，每个取得成就的人大多有着勇往直前、不满足于现状的闯荡精神。只有抱着继续努力的态度，不因昨日的成功而满足，勇于攀登一个又一个高峰，才能最大限度地发挥自己的创造力，拥有更多的发展机会，不断地取得进步。

用闯荡精神敲开成功大门

闯荡精神首先表现为一种好胜心态，不甘落后，勇于向未知领域挑战；其次，拥有闯荡精神的人往往能够主动学习，从而能不断接受新事物的出现；最后，闯荡精神还能挖掘人的潜能，使我们永远斗志昂扬，干劲儿十足，从而敲开成功的大门。

所谓闯荡精神，就是一个人在骨子里要出人头地的那股子劲儿，它的外在表现形式就是一个人敢闯敢拼，即使遭受了失败和打击，也能一往无前，愈挫愈勇。

她从小就喜爱音乐和舞蹈，18岁那年，如愿以偿进入了大学艺术系，攻读声乐专业。由于她的父母都是普通工人，家庭情况比较拮据，所以在学习期间，她总是尽可能多地兼职，自食其力，以此来减轻家庭的经济负担。

到了大学毕业前夕，有一天，她拖着疲惫的身子回到宿舍时，已经是晚上11点多钟了，舍友们还在兴高采烈地叽叽喳喳。她听了一会儿，才知道原来是一个同学探听到一家电视台对外公开招聘气象节目主持人，正在撺掇大家去报名应聘呢！

当时她心想："主持人的工作是挺好的，但电视台那么多有经验的主持人，我能行吗？"她把自己的顾虑告诉了同学们，大家都纷纷给她打气，说机会难得，不试试怎么知道行不行，何况她个人条件又这么好，不去试试太可惜了！于是她就答应了和同学们去试试。

谁知，到了面试那天，那个同学记错了时间，当她们几个人赶到电视台时，面试已经结束了。考官正在收拾东西，准备离开。眼看机会就这样错过了，几个同学急得直跺脚，一个个脸上露出失落绝望的神情。这时，她不知从哪里来的勇气，一个箭步冲上去，把主考官堵在电梯门口，礼貌地请求主考官给她们一个面试的机会。

主考官一下子愣住了，在与她对视了几秒钟后，决定破例给她们一次机会。结果，凭着清纯可人的外形气质、出色超人的自身素质和机敏过人的临场表现，她脱颖而出，最终被电视台录用了。她没有想到自己大胆的有点出格的举动，竟然开启了人生的一个希望之门。

虽然电视台的工作十分稳定，但她并没有就此满意。一年后，她毅然辞去在省电视台这个已经有点成绩的主持人工作，决定"北漂"，去寻找一片更广阔的天空。那是一段充满艰辛的日子，偌大的北京城却没有一个属于她的地方，她只能蹭着一个转了多少道弯的朋友的空房子；没有固定的经济来源，每天靠拼命打工和各种兼职工作来维持生计，连打个电话都要计算清楚时间。然而她没有被这些困难吓倒，她想："既然出来闯荡了，就要混出个人样儿来。"于是，她咬紧牙关，坚持参加中国传媒大学的专业培训，等待机会的来临。

在一个夏季的午后，大雨下了整整一天，整个北京城都陷入了拥堵不堪的状况中。当她从一个同学手里接过一张湿漉漉的报纸时，眼睛突然亮了，一则"中国气象局华风声像技术中心招聘启事"引起了她的注意。上面写着，中央电视台 10 频道"今日气象"栏目改版，要招聘一名天气预报主持人。

她兴奋地跳了起来，这就是自己一直等待的机会。但同学看后却沮丧地说："你高兴什么呀，人家规定应聘者必须持有北京户口，你条件都不合格。"然而，她却不以为然地说："只要我有真本事，他们是不会拒之门外的吧？或许这真的是个机会呢！"抱着一股闯劲儿，她拨通了招聘处的电话。对方听了她的情况后说："在这么多不符合招聘条件的应聘者中，你是唯一一个没有放弃和退却的人，我们接受你的报名。"

2000 年，她凭着扎实过硬的主持功底从众多应聘者中胜出，成为了中央电视台 10 频道"今日气象"栏目的主持人，后来又成为了中央电视台一套"天气预报"节目主持人，再一次用自己的闯荡精神敲开了成功之门。她就是王蓝一。

拥有闯荡精神的人一般都不会轻易服输，他们常常不满足于现实现状，执着地向更高更远的目标追求。人如果没有这种闯荡精神，就会永远停留在一个水平上。敢闯敢拼是一个人追求成功必备的心理素质之一，只有抱着不断前进的做事态度，不因昨日的成功而满足，勇于攀登一个又一个高峰，才能最大限度地发挥自己的创造力，实现自己的人生目标。

第5章

何不冒险一试：不畏征程多坎坷，绝妙风光险处求

俗话说："富贵险中求"，要想获得高回报，就必须敢于向刀山挺进，因为那里有更多的"金矿"。草原上的狼虽然是天生的捕猎者，但它们在捕杀猎物的时候，自己往往也会面临巨大的生命危险。特别是在猎杀体型比自己大的猎物时，这种风险系数就会更高。即便如此，狼也不会因为风险的存在而放弃捕猎，因为这是狼的生存法则。

敢于冒险才能摆脱平庸

人生，当如大海的浪涛，既有高高的波峰，又有深深的波谷。平静的湖面，练不出精悍的水手；安逸的环境，造就不出时代的伟人。只有敢于冒险的人，才能摆脱一潭死水的平庸生活，在连绵不断的跌宕起伏中谱写激昂豪迈的人生赞歌。

对于强者来说，“无险不足以言勇”。一个真正的强者总是渴望着冒险，他们厌恶平淡无奇的生活，而喜欢充满传奇色彩的浪漫生活，希望在平庸的生活中掀起滔天巨浪。从这个意义上说，有没有冒险的勇气和狠劲，正是区别强者和弱者的标志之一。

这个世界为我们提供了一个舞台，让勇于冒险的人去为自己的命运下注。千万不要说“不以成败论英雄”，因为这个社会其实就是以成败来论英雄的。而要想赢得成功，首先必须输得起，输不起的心态便是一种不敢冒险的心态。古往今来，一个人要做的事情越大，其所冒的风险也越大，而风险越大，其可能获得的收益也越高。能成大事者，都是有远见、有魄力的冒险家，在他们的冒险精神中，既有勇气的成分，又有智慧的光芒。

本杰明·富兰克林是美国18世纪著名的政治家、科学家，他最惊心动魄的实验就是冒着生命危险探索雷电的奥秘。在当时的西方，大多数人都相信雷电是“上帝的火”，从没有人敢去拿雷电做实验，而富兰克林就是第一个吃螃蟹的人。

1752 年 7 月，那是一个雷电交加的日子，人们都躲在自家的屋子里避雨，而富兰克林和他的儿子却在外面做实验。他们冒着狂风暴雨，在牧场旷地上把一只用绸布做成的风筝放上天空。过了一会儿，一道闪电从风筝上掠过，富兰克林用手靠近风筝上的铁丝，立即掠过一种恐怖的麻木感。他抑制不住内心的激动，大声呼喊："威廉，我被电击了！成功了！成功了！我捉住'天电'了！！"这时富兰克林完全忘记了自己万分危险的处境，立即把风筝绳上的钥匙和莱顿瓶连接起来，使莱顿瓶充电。

回到家里以后，富兰克林用收集的雷电进行了各种电学实验，证明了天上的雷电与人工摩擦产生的电具有完全相同的性质。这次实验使富兰克林在科学界的名声大振，英国皇家学会给他送来了金质奖章，并聘请他担任皇家学会的会员。

富兰克林的风筝实验证明了"闪电就是电"，同时也证明了这样一个道理：只有敢于冒险的人，才能摆脱平庸，走进成功的殿堂。

每个人都渴望成功，但成功者却总是少数人，而那些一辈子平庸的人身上的共同特征就是："怕"字当头，"不敢"为先。他们害怕前进路上可能遭遇的危险，害怕将要承担的责任，所以做什么事都瞻前顾后、畏首畏尾。而杰出人士总能坚持做到有良好的计划就去实施，有出色的点子就去执行，绝不会让自己处于一种躲避退让、被动挨打的地位。

一团泥土有幸被做成了一批砖坯，这批砖坯在经过了砖窑烈火的痛苦焚烧后才能成为一块砖，但其中有一块砖坯没能勇敢地去接受烈火炼狱淬炼，而最终又回归成一块平凡的泥土。所以，要想改变自身的平庸，就要有勇敢尝试的冒险精神。

在深海中，寄居蟹遇到了正在蜕壳的龙虾。寄居蟹看到龙虾把自己的硬壳脱掉，只露出娇嫩的身躯，就非常紧张地说："龙虾兄弟，你怎可以把唯一保护自己身躯的硬壳也放弃呢？难道你不怕有大鱼一口把你吃掉吗？而且现在如果来一股急流的话，你就有可能被冲到岩石上摔死呢。”龙虾镇定地回答：“谢谢你的关心，但我这样做是必须的，因为我们龙虾每次成长都必须先脱掉旧壳，这样才能生长出更坚固的外壳来。我现在所冒的风险，都是为了将来变得更加强壮。”

龙虾为了换壳，甘冒被大鱼吃掉和被急流冲走的双重风险，但这样却可以让自己变得更加强壮。同样，我们只有不怕风险，勇敢前进，才能让自己摆脱平庸，变得更加强大。而如果我们也像寄居蟹一样，整天只想找避居的地方，却没有想过如何令自己成长得更强壮，那只会限制自己的发展，最终让自己一事无成。

很多时候，通往成功之路的唯一障碍就是自己内心的畏惧。事实上，那些能在事业上获得成功的人都是具有冒险精神的人。他们明白：只要是值得做的事情，就是可以做的事情。而对于风险，他们不是不考虑，却不会因它而被缚住前行的脚步。

谨慎要有个度，富贵在险中求

诸葛亮素有“智圣”之称，他行事谨慎，主张步步为营、逐步蚕食曹魏。但纵观诸葛亮一生，可谓成也谨慎，败也谨慎。谨慎使得他不敢大力出击，所以常常在能够取得大胜的情况下最后却以小胜收场，导致北伐壮举进度缓慢，最终落得个出师未捷身先死的结局。

人们常说“诸葛平生唯谨慎”，在我国几千年的传统文化中，一直对谨慎十分推崇。谨慎，确实是我们办好事情的前提条件，一个人具备了谨慎的特质，确实能少走很多弯路。但如果过于谨小慎微，就会束缚我们的前进的步伐，从而错失很多机遇。

“如临深渊，如履薄冰”，有了这种小心谨慎的态度，跌的跤就肯定要少一些。但是，在复杂多变的现代社会，未来的形势常常不是很明朗，过于冒险曾经是一个不怎么光彩的名词，头脑简单者曾给这个词添上鲁莽的色彩。但过于谨慎又会让自己畏首畏尾，失去很多抓住成功的机会。因此，人既要有谨慎的性格，也要具有敢于冒险的狠劲。

有人曾询问一位股票界的精英：“股票会不会跌？”精英回答：“很难说。”再问：“什么时候会上涨？”回答仍是：“很难说！”接着问：“能买哪一只股票？”回答还是：“很难说！”问者说：“你什么都不确定，就去搞那么大项目的投资，是不是太冒险了？”回答：“当你什么都知道，都弄清楚了的时候，不也正是一切都风平浪静，一切都已经成为历史的时候吗？我们就是在所有问题都还不确定的情况下进行投资，换取可能的成功啊！”

就理财的观点而言，盲目的冒险投资当然是不可取的，但如果一味地小心谨慎，回避所有值得一冒的风险，那么你就只能与财富和成功无缘了。

事实上，任何一件事情在没发生之前都处于一种不确定的状态，因而我们在事前所作出的一切努力、所付出的一切代价都会有风险存在。风险贯穿于人类的一切行为过程之中，要想获得某些收益，就必须首先进行投入，再审慎安全的投入也会面临许多不确定性，而杰出的人士总是敢承担这种风险，所以他们才有机会取得他们预期的甚至是意外的成就。

诸葛亮首次北伐，大将魏延提出“子午谷奇袭”之计，要亲自率领五千精兵由子午谷快速到达长安城下，一举拿下长安。但诸葛亮却认为此计过于凶险且难以成功，故弃而不用。后世认为诸葛亮过于谨慎，不用魏延的子午谷奇谋是大大的失策，错过了一个千载难逢的好机会。

反观孙武伐楚，他认为如果正常走水路，等大军到达楚军面前，人家必定早有准备，所以他弃水路改从陆路，以求快速行军，出其不意。这一步是非常冒险的，如果失败可能会有去无回。但孙武却成功了。柏举之战，孙武以3万兵力，击败楚军20万，创造了中国战争史上以少胜多的著名战例。

在很多情况下，强者之所以成为强者，就是因为他们敢为别人所不敢为。如果没有哥白尼、布鲁诺那样勇敢的科学家，荒诞的“地球中心说”还不知要延续到何时；孙悟空之所以被群猴尊为“美猴王”，就是因为他敢于第一个跳进群猴都不敢进的水帘洞，为群猴找到一个理想的栖身之所；诸葛亮在大军压境之际，敞开城门，摆空城计，吓退司马懿，虽有计谋在胸，但若无几分冒险精神，这种大胆之举也不会实施。历史经验表明，如果缩手缩脚，过度谨慎，即使有比别人更强的力量，也有可能错失机遇，落个悔恨当初的结局。只敢走平安坦途的人，是很少能创立大业的，只有勇于冒险的人，才有可能创造出瑰丽的业绩。

纵观历史我们就会发现，一个民族的振兴和繁荣与这个民族所具有的冒险精神是分不开的。科学的巨大进步，社会的飞速发展，都需要有一大批敢于冒险者充当开拓者。我们国家当前正处于一个改革和开拓创新的时代，这就更加需要冒险精神。

俗话说“富贵险中求”，只有敢于冒险才能挖掘出无限的可能。所以，我们既要有成功的欲望，又要敢于冒险，这样才能把握机遇，获得成功。

与其患得患失，不如孤注一掷

佛家谈“得失之苦”，常言“得失随缘，心无增减”。因为得不到是苦，得到了又害怕失去也是苦，很多人常常纠结在这种患得患失的精神痛苦之中不能自拔。所谓有舍才有得，与其这样患得患失，踌躇不前，倒不如狠心归零，抛开一切，冒险一试。

冒险的背后意味着什么，许多人都很清楚：一半的成功和一半的失败。成功之后的鲜花、掌声、名誉地位……都会随之而来，而失败之后的屈辱、损失，甚至生命的陨落也会席卷而至。很多人虽然渴望成功，但一想到失败之后所要面临的不堪忍受的苦楚，他们还是选择了放弃冒险。而那些成功人士却认识到，虽然人生道路上的风险是在所难免的，但没有冒险就没有收获，他们宁愿狠下心来拼一把，也不愿坐以待毙，一生碌碌无为。

马克思早就指出，如果什么事情都要保险绝对成功才可去做，那么创造历史也就太容易了，天下哪有此等容易的事？要想冒险，就不要害怕失败。成功和失败像一对孪生兄弟，如果只许成功降世，不许失败诞生，也就等于扼杀了成功。

一次，有人问一个农夫他是不是种了麦子。

农夫回答：“没有，我担心天不下雨。”

那个人又问：“那你种棉花了吗？”

农夫说：“没有，我担心虫子吃了棉花。”

于是那个人又问："那你种了什么？"

农夫说："什么都没种，我要确保自己和全家人不受任何风险。"

一个不愿冒任何风险的人，就像这个农夫一样，虽然避开了风险，但到头来什么也得不到。这样的人总是会被自己的软弱所捆绑，成为丧失了自由的"奴隶"。

营销专家尚丰曾说过，创业，其实人人都会成功！只是有些人被自己的观念和一些世俗想法所束缚，也就失去了成功的最佳时机。其实，困难和风险也是欺软怕硬的，你强它就弱，你弱它就强。一个不愿意冒风险的人，总是不敢轻易做决定，因为他怕冒显得愚蠢的风险；他不敢向他人伸出援助之手，因为要冒被牵连的风险；他不敢抱有希望，因为要冒失望的风险。人们常说"天上不会掉馅饼"，而对这样的人来说，即使天上真的掉下馅饼，也不会落到他的头上，因为他一定会害怕砸到脑袋而躲进屋子里去了。

20世纪90年代初，三十多岁的柳城在某集团公司工作，他的一个老同学雄心勃勃地来找他，要他和自己一起去深圳"淘金"。柳城考虑再三，最终拒绝了老同学的提议：自己的工作虽然枯燥乏味，但毕竟是铁饭碗呀！凡事还是求稳比较好。老同学却果断地辞了职，潇潇洒洒地直奔特区，听说现在已经是一个身价千万的大老板了。

2007年，柳城所在的某集团公司准备改组上市，并允许职工优先认购，每股作价38元。按规定柳城可以认购500股，然而柳城凡事求稳的习惯使他又把这个机会放过了，他认为股票一跌就会变成废纸，还是别拿钱冒险的好，于是他把自己的认购权以1000元的价格卖给了同事。没想到，公司一上市，股价节节高升，一个月之内，股价竟然涨了10倍，看着同事们一个个喜气洋洋，柳城后悔得大病了一场。

像这样的事儿还有不少，后来柳城有句口头禅就是："我这一辈子，就毁在胆儿太小上了，要不然早就出息了！”

凡事求稳，使柳城错失了一次次良机，只能一辈子生活在悔恨里。其实每个志在成功的人都应该有敢于冒险、马上行动的胆略，如果太过于求稳的话，那就会一事无成。在现实生活中，像柳城一样做事畏首畏尾的人并不在少数，他们不敢跳槽换工作，因为害怕找不到更好的工作；他们不敢追求自己心仪的对象，因为担心会被拒绝；他们不敢抓住千载难逢的机会，因为忧虑自己会成为竞争中的炮灰。这样做事患得患失的人，注定不会受到成功的眷顾。

无数事实证明：一个人做事如果前怕狼后怕虎，就注定永远找不到新出路；因为过分忧虑而凡事畏畏缩缩的人，注定成不了什么大器。所以，要想成功就必须主动出击，下决心时对自己狠一点，自然就能离成功近一点。

一旦看准，就大胆行动

茫茫世界风云变幻，漫漫人生沉浮不定，未来的风景都隐藏在迷雾之中，如果没有一点冒险的勇气，就只能一辈子偏居一隅，默默无闻。其实，未来就主宰在自己手中，只有敢于冒险，不惧失败，看准时机就大胆行动，才能冲破迷雾，走向成功。

面对风险，很多人因为顾虑太多而丧失了机遇，所以一辈子都庸庸碌碌。其实，风险的背后往往隐藏着巨大的商机，如果能从风险的转化和准备上进行谋划，风险也就不那么可怕了。只要鼓起勇气，勇敢前行，就一定能度过风险，从而赢得巨大的成功。

中国富豪李晓华是一位勇敢的企业家，他的创业经历充满了传奇色彩。

有一次，马来西亚政府向各国公开招标，准备修建一条高速公路。当时，马来西亚政府开出的条件非常优惠，但是因为这段公路不长，而且当时车流量不大，所以应者寥寥。李晓华却对这次招标很感兴趣，为此，他前往马来西亚进行实地考察，并得知了一条尚未公布的消息：在离公路不远的地方有一个储藏非常丰富的油田。这个消息让他兴奋得几乎要跳起来，他意识到那个油田一旦正式开采，这条公路上的车流量必然大增，地皮价格也必定会直线上涨，这是一个发财的好机会。

经过深思熟虑之后，李晓华当机立断拿出了自己多年来的全部积蓄，又从银行贷了一笔巨款，筹集到3000万美元，一举拿下了这个项目。当时，贷款条件相当苛刻，并且贷款期限只有半年，期限一到，必须归还本息。如果半年之内这个工程项目无法如期完工，那么后果将不堪设想。不过，李晓华觉得值得冒这个险，而且他已经倾尽所有，毫无退路了。

在漫长的等待中，李晓华不但要承受物质上的匮乏，还要承受精神上的煎熬，他的亲人朋友都不理解他，认为他过于莽撞了。他苦苦熬了5个月后，油田开采的消息仍然没有公布，但他仍然耐心地等待着。

终于，在等待了5个月零6天之后，期待已久的油田开采消息终于公布了，李晓华投中的那段公路的标价当时就翻了一番。之后的几天，标价更是一路攀升，李晓华的冒险之举终于得到了极大的回报。

俗话说："人有多大胆，地有多大产。"市场上没有万无一失的致富门路，你如果没有动手去做的勇气，虽然不会招致失败，但也绝对不会获得成功。所以，"一旦看准，就大胆行动"已成为许多商界成功人士的经验之谈。

很多时候，看似最危险之处，也许就是最安全之处；看似最强大之处，也许偏偏是最薄弱之处。如果你总是抱着凡事求稳的想法不放，那么你的日子就会像一潭死水，永远无法激起波澜，你因此也永远无法获得成功。所以，必要的时候，还是要冒一点险，该出手时就出手。

作为一名德国海军少校，卢克纳尔是个富于反叛精神的人，他胆大心细，喜欢冒险，经常做出一些别人不敢做的事情。

“陛下，给我一条帆船出海一战吧，让我把英国佬打得灵魂出窍。”1916 年，卢克纳尔对威廉二世如是说。

此话一出，所有人都惊诧不已。假如这是在中世纪，这样敢于挑战大不列颠的军官固然有些鲁莽，但至少会获得勇敢刚毅的美名。但时光已经到了 20 世纪，这个时候，帆船早已成为一种古董，已经不可能作为战船来使用了。

卢克纳尔向威廉二世解释道：“我们海军的头儿们认为我是在发疯，既然我们自己人都认为这样的计划是天方夜谭，那么，英国人一定想不到我们会这样干的吧，那么，我认为我可以成功地用古老的帆船给他们一个教训。”

威廉二世被说动了，他同意了卢克纳尔的计划，用一条帆船去袭击英国人的海上航线。卢克纳尔经过千辛万苦终于找到一条被废弃的老船，取名“海鹰号”。在他亲自设计监督下，这艘船开始了古怪的改造工程。

当年 12 月 24 日圣诞夜，海鹰号出击了，顺利突破英国海上封锁线抵达冰岛水域，大西洋航线已经在望。正在高兴的时候，海鹰号和英国的复仇号狭路相逢。

海鹰号的火力只有两门 107 毫米炮，而复仇号却是一艘大型军舰，硬拼显然不是对手。卢克纳尔灵机一动，主动迎上去让他们检查，英国的检查员见是一条帆船，看也不看，就放过了这艘暗藏杀机的帆船。

1917 年 1 月 9 日，到达英国海域后，在卢克纳尔的指挥下，海鹰号突然发起进攻战，全歼英国船只，获得了巨大的胜利。

卢克纳尔之所以会成功，在于他能想常人不敢想、做常人不敢做之事，从而开辟了一条通往成功的康庄大道。拉开历史的帷幕，我们就会发现，世界上凡是有重大建树的人，在其攀登成功高峰的征途中，都会做出一些大胆的冒险之举，从而成就一番事业。

古往今来，那些杰出人士常常不害怕冒风险。毕竟任何突破常规的行为都要冒一定的风险，任何的斗争都可能会有流血牺牲，杰出人士不会被想象中的后果所震慑，而变成局促不前的软弱者。因为他们明白这样一个道理：人如果没有一股子狠劲，在一件事情上变得软弱，那么就很可能会出现“多米诺骨牌”效应，在接下来的一连串事情上继续软弱下去，这就意味着他将永远成为行动面前的懦夫。

冒险不等于冒进，要保持理性

怕树叶掉下来砸到脑袋的人做不成事，因为这种人缺乏承担风险的勇气；而那些明明看到天上下着冰雹却要到露天地里闲逛的人，也会被砸得鼻青脸肿。所以，人要有冒险精神，同时也要保持理性，否则冒险就成了冒进，注定会走向失败。

精明的人在创富时，不避风险，却绝对不蛮干，他们有自己的风险规避法，他们会计算出风险的系数有多大，然后做好应付风险的准备，因此，他们大多数情况下可以有较大胜算。要想取得成功，需要有敢闯敢拼的冒险精神。但这里说的冒险并不是像赌徒那样，完全把宝押在“运气”上。冒险不是靠碰运气，而是靠理智。倘若一点可能性也没有，就冒失轻率地干起来，这就不是冒险，而是冒进。

一个人问一个哲学家，什么叫冒险，什么叫冒进？哲学家说，比如有一个山洞，山洞里有一桶金子，你进去把金子拿了出来。假如那山洞是一个狼洞，你这就是冒险；假如那山洞是一个老虎洞，你这就是冒进。这个人表示懂了。哲学家又说，假如那山洞里的只是一捆劈柴，那么，即使那是一个狗洞，你也是冒进。

这个故事告诉我们：并非所有的风险都值得一冒，有些风险的背后是巨大的机遇，所以值得一冒；但有些风险背后并无多大价值，这样的风险是不值得你陷进去的。所以，创业者一定要分清冒险与冒进的关系，要区分清楚什么是勇敢，什么是无知。无知的冒进只会使事情变得更糟，你的冒失之举将变得毫无意义。

冒险要建立在科学分析、理智思考和周密准备的基础之上。古人云：“六十算以上为多算，六十算以下为少算。”有 60% 以上的把握，就应当机立断，敢于大胆地去行动。因此，不能不计风险地一味蛮干，但是也不能在有一定把握的时候举棋不定错失良机。

三国时期，马谡鲁莽失掉战略要地——街亭，诸葛亮挥泪把他斩掉以后，暂居西城，但面临一个巨大的危机。魏将司马懿乘势引大军 15 万向诸葛亮所在的西城而来。但是此时所有的大将都不在身边，只有一班文官和 2500 名士兵在城里，司马懿带兵前来的消息令众人都大惊失色。

诸葛亮登城楼观望，见敌军声势浩大，锐不可当，也是忧心忡忡。

他低头沉思了一会儿后，突然脸上露出了笑容，众人不解，心想：这等危急关头您老还能笑得出来，莫非是自知没有活路可走，心里反而释然了？却见诸葛亮从容地对众人说："大家不要惊慌，我有妙策，让司马懿不战而退。"众官员都惊疑不定。

于是诸葛亮下令按兵不动，不允许士兵大声喧哗，私自外出。后又让人故意把四个城门都打开，派许多士兵装成百姓的模样洒水扫街。自己穿上鹤氅，戴上高高的纶巾，打扮成一副悠闲的样子，领着两个小书童，带上琴，到城上望敌楼前凭栏坐下，燃起香，然后不慌不忙地弹起琴来，这样制造出了一副丝毫不害怕的阵势。

司马懿看到诸葛亮如此镇定，心中非常忐忑，便教后军作前军，前军作后军，望北山路而退。次子司马昭问："莫非诸葛亮无军，故作此态？父亲何故便退兵？"司马懿说："诸葛亮一生谨慎，不曾冒险。现在城门大开，里面必有埋伏，我军如果进去，正好中了他们的计，还是快快撤退吧。"于是两路兵尽皆退去。就这样，诸葛亮凭借空城计，不费一兵一卒就化解了一次危机。

用兵之道，虚虚实实，在危难发生时，越是莽撞冒进的行为越是会加快事态的恶化，这时候最需要的是理性的思考和大胆的冒险。诸葛亮一身谨慎，不喜冒险，但他遇到死结能够临时变通，兵行险招，这才绝处逢生，化险为夷；而司马懿却在大好时机面前踌躇不决，畏缩不前，最终错过了这个千载难逢的好机会。

冒险不是盲目草率的行为，不是瞎闯、蛮干，不是随心所欲，而是有目标、有计划的果断行动。所以，真正的冒险应该是建立在事先充分的准备工作和稳定的心态基础上的。

第6章

失败了又何妨：看成败人生豪迈，大不了从头再来

英国诗人雪莱说："如果冬天来了，春天还会远吗？"在这个世界上，有阳光就必定有乌云；有晴天就必定有风雨。乌云和风雨虽然不招人喜欢，但是乌云过后的阳光会更加灿烂，经风雨洗礼过的天空会更加湛蓝。人生道路上所遭遇的失败，就像这个世界中的乌云和风雨一样，一个人只有经历了失败的洗礼，他的成功才会更加可贵。

站起来，这是“狠角色”的人生态度

纵观古今，多少仁人志士都是从失败的废墟中重新站起来，拾起地上的宝剑，披荆斩棘继续前行。在哪里跌倒，就在哪里爬起来，这是古今中外那些伟大的人物的共同特质，是他们获得最终胜利的终极筹码，也是成为一个“狠角色”所必须具备的人生态度。

人生在世，不可能永远一马平川、一帆风顺，总有摔跤跌倒、迷途深陷之时。但不管你以什么样的形式跌倒，不管你跌得多么严重，请一定忍痛爬起来，因为这是对自己意志的磨炼。有了钢铁般的意志，失败在你面前就不是挡路石了，而会变成垫脚石。把垫脚石垫在脚下，你就可以站得更高，走得更远。

有时候人跌倒了，心理上的感受与实际受到伤害的程度不一样，因此你一定要爬起来。只有爬起来你才会发现，你只是在心理上夸大了自己的受伤程度，事实上你完全可以应付这种程度的失败。如果自认起不来，还没尝试就放弃了努力，那岂不浪费了大好才能？总而言之，不管跌得是轻还是重，只要你愿意，你就可以重新站起来，就算爬起来又倒了下去，至少也证明了自己是个勇者，是个“狠角色”，绝不会被人当成弱者看待。

在拿破仑帝国时期，法兰西与欧洲发生了连绵数年的大规模战争。当时，指挥同盟军的是威灵顿将军。然而，在与军事天才拿破仑的对决中，威灵顿指挥的同盟军总是一败再败。

在一次大战中，同盟军再次遭遇惨败，威灵顿杀出一条血路，率领小股军队冲破包围，逃到一个山庄。威灵顿拖着疲惫的身子，躲在一间小屋里，想到今天的惨败，顿时悲从中来，想一死了之算了。

就在此时，威灵顿发现墙角有一只蜘蛛在结网。也许是因为丝线太柔嫩，刚刚拉到墙角一边的丝线，经风一吹便断了。蜘蛛又重新忙了起来，但新的网还是没有结成。威灵顿望着这只失败的蜘蛛，不禁又想起自己的失败，更加唏嘘不已，多了几分悲凉。但他发现蜘蛛并没有放弃，它又开始了第三次尝试。威灵顿静静地看着，心想：蜘蛛啊，别费心思了，你是不会成功的。蜘蛛的这次努力依然以失败而告终，但它丝毫没有放弃的意思，又开始了新的忙碌。它就这样来回忙碌着，已经失败六次。"该放弃了吧？都已经六次了。"威灵顿心想。但是蜘蛛还是没有放弃，它仍旧回到原处，不慌不忙地吐出丝，然后爬向另一头。第七次，蜘蛛网终于结成了！小蜘蛛趴在自己的网上，像国王一样守护着它。

威灵顿看到这一切，不禁流下了热泪，他为蜘蛛那不怕失败、永不放弃的精神而深深地感动。他朝蜘蛛深深地鞠了一躬，迅速地走了出去。

威灵顿从蜘蛛身上吸取了力量，走出了悲痛与失败的阴影。他奋勇而起，激励士气，集结部队继续战斗。后来，他终于在滑铁卢一战大败拿破仑，取得了决定性的胜利。

失败了，重新站起来，继续奋斗，这是古往今来成功人士的共同信念。人这一辈子要想活出精彩，活出味道，就要对自己狠一点儿。有了不怕失败的毅力，我们就能冲破艰难险阻，走向卓越，给自己的未来打开新局面。有了这种狠劲，我们才能在高手云集的竞争中一举夺魁，才能在波涛汹涌的商海浪潮中乘风破浪。

那些成功人士，都是经历了无数次失败，受过一连串的无情打击，最后才成功的。因为他们始终没有放弃过，每次失败后都重新爬起来，然后一如既往地努力着，最终获得了辉煌的成果。对他们来讲，一千次的失败，只能第一千零一次地站起来。站起来，这不仅是一种姿势，更是一种尊严、一种使命，是一种属于“狠角色”的人生态度。

不要把一时的失败看成是世界末日

莲藕要从腥臭腐烂的淤泥中吸取营养，才能开出娇艳的莲花；瓷土要投入烈火熊熊的熔炉中煅烧，才能变成美丽的瓷器；人要经历一次又一次失败的洗礼，才能从芸芸众生中脱颖而出，成为叱咤一方的风云人物。所以，不要惧怕失败的降临，一时的失败并不会成为世界末日，对于那些渴望成功的人来说，失败其实是一笔不可多得的财富。

美国作家海明威说：“人不是为失败而生，人可以被毁灭，但不可以被打败。”在人生的道路上，失败总是在所难免的，为什么有些人能取得成功，而有些人却一辈子都是平凡的人呢？他们的区别就在于：在失败面前，弱者一味痛苦迷惘、畏缩不前；强者却抱着一股狠劲，坚持不懈地追赶失败后的成功，这才有了后来的差距。找到了原因所在，平凡者就要清醒了：面对失败，不要向失败低头示弱，而应该昂首挺胸，重新扬帆，乘风破浪。终有一天，你会摆脱平凡，走进成功人士的圈子。

失败并不可怕，只要你找出失败的真正原因，以一颗积极的心态去善待失败，那么，失败就会远离你！但是，如果你不敢接受失败，一味逃避失败，在失败面前总是寻找一些客观的理由，那你就犹如掉进万丈深渊，你的生活就会一片灰暗。

俗话说："失败是成功之母。"没有失败的教训，哪会有成功呢？失败只是一时的，当上帝为你关上了一扇窗，同时就会为你打开另一扇门。如果你渴望成功，就不能被失败吓倒，要勇于向失败挑战。假如一次失败了，便情绪低沉，一蹶不振，那又怎么能成功呢？摔倒了固然痛，但成功只属于那些失败后也会昂首挺胸的人。

1832 年，林肯经历了事业上的失败，他失业了，从此没了收入，这使他大受打击。不过这也让他下决心要当政治家，当州议员。然而不幸的是，他在竞选中失败了。短短一年的时间，林肯居然遭受到两次失败的打击，这对他来说无疑是非常痛苦的。

后来，林肯尝试经营一家企业，可不到一年的时间，就因为负债累累而倒闭了。这次的失败导致林肯在以后的 17 年里不得不为偿还债务而到处奔波，受尽了无数磨难。

经过长时间的打拼，幸运之神终于眷顾了林肯一次，使他在一次州议员竞选中取得了成功，这让林肯的生活状况有了一些改善。

1835 年，林肯订婚了。然而，就在距离结婚还差几个月的时候，他的未婚妻却不幸去世。这对他精神上的打击实在太大了，他为此数月卧床不起，甚至还患上神经衰弱症。

1838 年夏天，林肯的身体慢慢复原了，他决定竞选州议会议长，然而失败再次降临在了他的身上。1843 年，他又一次竞选美国国会议员，却仍以失败而告终。后来，林肯去申请当本州的土地官员，没想到州政府把他的申请退了回来。

碰到这一连串的失败，林肯并没有选择放弃，他甚至没有考虑"要是成功不了会怎样？”而是失败了，爬起来继续前行。最终在1860年，他成功当选为美国总统。

一次又一次的失败并没有让林肯丧失前进的动力，他面对失败没有退却、没有逃跑，而是一次又一次地站了起来，并很快从失败的阴影中走出来，继续前行，所以他最后成功了。

人生旅途本来就是崎岖不平的，不能因为一次失败就停滞不前。失败犹如沼泽地，你越是不能很快地脱身，它就越可能把你陷住，你也就越陷越深，直至不能自拔。此时，最关键的就是要立即昂首挺胸地从失败的漩涡中跳出来，不管花费多大的代价！因为只有跳出来，你才能看到一望无际的蔚蓝天空。

英国著名演讲家布朗曾说过：“失败只是一次经历，而绝不是人生。”在人生的旅程中，有谁是一帆风顺的呢？成功者的成功也是历尽了不计其数的坎坷才苦尽甘来的。当你不断遭遇失败时，其实你也正在不断接近成功。只要在失败中吸取经验教训，找到失败的原因，就能让自己变得更加强大，下一次才有可能成功。如果惧怕失败，遭遇一点失败就选择放弃，那就永远到不了成功的彼岸。

经历了失败的洗礼，才能在烈火中重生

失败对于每个人来说，就像一个大熔炉一样，有的人在烈火面前退缩了，他们永远也品尝不到胜利的果实；而有的人却选择了勇敢前行，在经历了失败的洗礼之后，他们将涅槃重生，一飞冲天。

生活里，很多人害怕面对失败，甚至在失败还没有来临之前，自己就先放弃了努力，这样的人注定会一事无成。纵观世界上那些成功人士的生平经历就会发现，那些声振寰宇的伟人，无不是在经历过无数的失败后，才获得最后的胜利的。

人生的道路处处有风险，尤其在创业的过程中，非常需要一股狠劲，因为事事如意、样样顺心的情况是非常罕见的。失败其实并不可怕，可怕的是你被它所吓倒，从此一蹶不振。

帕里斯于 1510 年出生在法国南部，长大后的他一直从事玻璃制造业。直到有一天，他在展览会上看到一个精美绝伦的意大利彩陶茶杯，他的心仿佛触电般深深震颤了一下。从此，他一生的命运都为之改变了。

"我也要烧制出这样美丽的彩陶。"这是他当时唯一的想法，也是他往后生命中最重要的信念。于是他回到家中，建起烤炉，买来陶罐，打成碎片，开始摸索着进行烧制。

经过几年的实验摸索，尽管碎陶片堆得像小山一样，可帕里斯心中的彩陶却仍不见踪影，他的生活越来越拮据，已经无法再维持下去了。

他只得回去重操旧业，挣钱来生活。

但赚了一笔钱后，他又开始埋头烧制，又继续烧了三年，碎陶片又在砖炉旁堆成了山，可仍然没有结果。以后连续几年，他挣钱买燃料和其他材料，不断地试验，都没有成功。

长期的失败使他遭受了众人的非议，连家里人也开始埋怨他，但他只是默默地承受。他有时十多天都不换衣服，只是日夜守在炉旁。燃料不够了，就拆了院子里的木栅栏；又不够了，就搬出了家具，劈开，扔进炉子里；还是不够，他又开始拆屋子里的木板……

眼看试验就要成功了，帕里斯难以抑制心中的激动。但只听炉内"嘭"的一声，不知是什么爆裂了。所有的产品都沾染上了黑点，全都成了次品。这次失败又让帕里斯受到了巨大的打击，他独自一人到田野里漫无目的地走着。不知走了多长时间，优美的大自然终于使他恢复了心里的平静，他知道自己已经离成功不远了，于是又开始了下一次试验。

终于，经过了16年的艰辛历程，他成功了。现在，他的作品成了稀世珍宝，被艺术家们争相收藏。他烧制的彩陶瓦，至今仍在法国的卢浮宫上闪耀着光芒。

帕里斯的成功来得何等不易，他在一次又一次的失败中一次又一次地重新站起来，这也正是帕里斯成功的所在。凡是获得成功的人，大多都是经历了无数次的失败之后重新从地上爬起来的勇士。他们不但不怕失败，还能在失败中吸取教训，在失败中得到成长，他们一次次地用失败砌造着成功的基石。

失败是成功之母的外延含义无非是这样：跌倒了，爬起来，但不要空着手爬起来，最起码你手中攥着这次失败的教训。当这种失败的教训积累到一定数量时，它便成了你的财富，这时的你距离成功也许只有一步之遥了。

少了失败的插曲，成功就会暗淡无光

> 大海如果没有了巨浪的翻滚，就会失去雄浑的气势；沙漠如果没有了飞沙的狂舞，就会失去苍茫的神韵；人生如果仅去求得两点一线的一帆风顺，生命也就失去了存在的魅力。人生就是由无数个失败才走向成功的，少了失败的插曲，成功就会变得暗淡无光。

人生就像婴儿学步，无论跌倒多少次，总要不断尝试，才能最终站起来。所以，我们从来就不会有真正的失败，我们只是在找下一个站起来的方法。试想一下，如果我们在婴幼儿时期就惧怕失败，那么我们当中的很多人也许至今还在用四肢爬行。正因为有了无数次失败的经验，当你真正学会走路时，迎来的是更加热烈的掌声和欢呼。

俗话说“良药苦口”。其实，我们所经历的失败就如同那熬制而出的“良药”一般，虽然苦涩难咽，但却是上好的补养品，只有狠下心来一口灌下，忍受了那份苦药过喉的难言滋味儿，才能换来更加强健的体魄。只有承受了失败的历练，我们才能迎来更加辉煌的成功。

丁磊在大学时仅仅是班里一个成绩中等的普通学生，他毕业回老家后在宁波做了一名公务员。对他和家人来讲，这是一份既体面又稳定的工作，没有什么可抱怨的，但这份稳定却逐渐让丁磊感到无法忍受。终于，他无法压抑那颗躁动不安的心，辞职南下来到广州，加入了打工者的狂潮中。但由于当时的市场竞争非常激烈，他所在的公司不久便出现了危机，最后丁磊只好离开。后来丁磊又经历了三次跳槽、三次事业的夭折。在一次次的失败中，丁磊并没有认输，他一次次决定重新来过，最后他决定自己创业。在经历了无数次的挫折和失败后，终于在1997年5月，丁磊创立了现在的网易公司。

看过丁磊的成功史，带给人们更多的是一种沉思。我们平时只看到成功人士站在成功的领奖台上的辉煌和灿烂，却忽略了他们背后的辛酸和面对失败不屈不挠的精神，而那些对于我们来说才是更为宝贵的成功经验。

每个人的生活工作，每项改革创新的事业，都存在着同样的失败的可能。有的人在失败面前低下了头，弯下了腰，失败真成了“失败”，成了永远记录在案的“失败”。相反，在失败面前昂起头来，挺起胸来，那么失败不过是走向成功的一个必经阶段。所以，不要为一次次的失败而懊丧，一个真正的成功者总是能够昂首挺胸去面对失败。

宋代苏轼在《留侯论》中说：“天下有大勇者，卒然临之而不惊，无故加之而不怒。”意思是说，在事变突然降临时，总是不惊慌失措，对于无故而来的侮辱，也不会大发脾气，能够自制自强，控制自己的惊恐和愤怒，这才是大智大勇的体现。古往今来，许多政治家、军事家、谋略家、老板都把处变不惊、镇定持重视为修养的重要内容。

战场上没有常胜将军，然而想要做事争气的人是绝对不会承认自己失败了的。这次败了，下次一定要找回来。在商场上更是如此，如果你管理着一个公司、一个部门，则更需要这种不怕失败的精神，越败越要战，越战越要勇。每个人都想发家致富，但在变幻莫测的市场上，任何经营者都不可能总是十分顺利的，一个真正的经营者不应该被失败吓倒，而应该从失败中总结经验教训，继续进行自己的事业，那么就一定会取得成功。

不经历风吹雨打，又怎能拥抱彩虹

雨是风的痕迹，风是雨的信息，而七色的彩虹则是风雨过后天空的馈赠。所以，接受人生的风雨吧，只要你挺过了人生的风雨历练，当你站在成功的巅峰回首来时路，你会发现，一切的挫折和失败都是为了点缀你的成功，让你的成功像彩虹一般绚丽夺目。

"失败为成功之母。"这句话的含义众所周知，把失败比喻为成功的母亲，这充分地说明了在追求成功的路上，失败是谁也无法避免的。曾经有人对古今中外的杰出人物作过充分、认真的分析和探讨，发现任何一项科研项目的成功都是经历了无数曲折与坎坷的结果。

他的一生可谓坎坷……

5 岁那年，他父亲病故，家里的日子变得艰难起来。

12 岁时，他的母亲改嫁，继父待他非常不好，致使他不得不辍学。

14 岁时，他逃离了继父家，从此过上了流浪的生活。

18 岁，他娶了妻子，但只过了几个月，他妻子就卷走了家中的所有财产一走了之。

20 岁，他尝试了各种职业，电工、开轮渡，当铁路工人，但却样样不顺。

30 岁，他做起了保险公司推销员，但由于老板不兑现奖金而与其发生矛盾，最后愤然辞职。

31岁，他通过自学法律，当上了律师，境况有所好转。但在一次审案时，却在法庭上与当事人动起手来，从此告别了律师的职业。

35岁，他做汽车轮胎推销员，当他开车路过一座大桥时，大桥钢绳断裂，他随车跌到河中，身受重伤，为此而休养了好几年。

40岁，他在朋友的帮助下开了一个加油站，却因与竞争对手发生矛盾将其打伤而引来一场没完没了的官司。

年近50岁时，他的第二任妻子和他离婚，他不得不带着三个孩子艰难地生活。

60多岁时，他终于开了一家自己很中意的快餐店，主要经营自己秘制的山德士炸鸡。但生意刚刚红火起来，政府修路又占了他的店，他再次沦为穷光蛋，只能依靠政府的每月105美元的救济金生活。

后来，他到一些小餐馆推销自己的炸鸡技术，曾被拒绝了1009次，终于在第1010次时，他得到了一个机会，于是他逐渐有了属于自己的品牌和专利。70多岁时，他转让了自己创立的品牌和专利，却拒绝了购买人将股份作为购买金的一部分支付给他的要求，从而失去了成为百万富翁的机会。

80多岁，已近垂暮之年的他又开了一家快餐店，这次却因商标专利而再次和人打起了官司。可他并没有就此灰心，而是失败了再重来，顽强地坚持着。终于，在他88岁时，他大获成功。他，就是肯德基的创始人——哈伦德·山德士。

每个人一生中都应该努力学习一门重要的学问，那就是怎么去面对“失败”。失败并不可怕，可怕的是被失败击倒。只要永不放弃，每次失败后认真总结经验，汲取教训，把经验和教训转变为向上的力量，有朝一日总会获取成功。

松下幸之助曾经说过："没有永远的失败，只有暂时的困难。失败能提供给你以更聪明的方式获取再次出发的机会。"生活中就是这样，要想实现自己的目标，就难免会遭遇失败。最终能否成功，关键是看你能否从失败中爬起来，再次勇敢前进。

大名鼎鼎的日本本田公司对于全世界的人们来说都是非常熟悉的，但人们对其创始人本田宗一郎的了解也许不是很多。

本田宗一郎出生在一个贫困家庭里，父母勉强为他支付学费，但这个穷学生却不喜欢学校的正规教育，反而对机械研究情有独钟。可是，一个文化教育程度很低的人，想要制造摩托车、汽车，又何尝是一件容易的事情呢?

在本田的一生中，曾经失败过多少次连他自己都记不清楚了，但是本田能够记得清楚的是，他每次总是要深入地探讨失败的原因。本田说："每次失败后，我都要灰心丧气地消沉几天，但是几天过后，我又变得精神抖擞起来。我开始对前几天的失败进行探讨分析，找出失败的真正原因，然后再提醒自己该从什么地方着手，避免失败，提高执行力。"

本田的技术一天天地突破，后来他的公司也一天天壮大，在短短的几年内就成功打败了几百个竞争对手，立足于摩托车和汽车行业，并且取得了令人瞩目的成就。

本田在回忆自己的成功经验时，说出了令很多人惊讶的话，他说："感谢失败！我成功的经验完全来自失败。"本田大胆地承认，自己的成功秘诀全来自于自己对失败的探讨。

人生总会遇到很多挫折与失败，但我们应该明白，这只是人生路上的绊脚石而已，从哪儿跌倒就从哪儿爬起来，把绊脚石垫在脚下，才能让自己站得更高。

每个人都希望自己的生活如丝顺滑，如水平静，可是命运之神却给予人们那么多失败和教训。此时，我们要知道，困难和坎坷只不过是命运对我们的考验，只要我们抱着百折不挠的信念，就能一次次从失败中站起来，直到踏上成功的彼岸。

第7章

保持冲天霸气：黄沙百战穿金甲，不破楼兰终不还

《亮剑》的主人公李云龙曾说过：“一剑在手，则有进无退，在战场之上，不是你死就是我活。”其实不光是在战场上，人生的每一个阶段都充满着残酷和激烈的角逐，只有具备了无所畏惧的亮剑精神，具备了一往无前的霸气和狠劲儿，才能将前进路上的一切困难都统统踩在脚下，一路披荆斩棘，直到夺取最后的胜利。

带着必胜的信念，挖掘自身的潜能

娇弱的母鸡为何能战胜凶猛的老鹰，因为它的身后有一群稚嫩的小鸡，这让它有了不可退缩的理由，所以才能爆发出冲天的霸气，让不可一世的老鹰都为之胆寒。在向着目标迈进的过程中，你只要具备了必胜的信念，就能充分挖掘自身潜力，把成功牢牢攥在手中。

成功者在做事之前，往往都是怀着一种一往无前、志在必得的凛然霸气去挑战自我，这正是他们不断前进的动力源泉，是他们迈向成功的基本条件。而缺乏这种心态的人往往忙碌一生也难成大事，只有志在必得的人，才能造就辉煌的成就。

美国橄榄球运动史上有一位伟大的橄榄球队教练锋士·隆巴第，是许多橄榄球迷的偶像。在他的带领下，美国绿湾橄榄球队成了美国橄榄球史上最令人惊异的球队，创造出了令人难以置信的成绩。

锋士·隆巴第总是这样告诉他的队员：“我只要求一件事，就是胜利。如果不把目标定在非胜不可，那比赛就没有意义了。不管是打球、工作、思想，一切的一切都应该非胜不可。”

他坚定地说：“比赛就是不顾一切。你要不顾一切拼命地向前冲。你不必理会任何事、任何人，接近得分线的时候，你更要不顾一切。没有东西可以阻挡你，就是战车或一堵墙，或者是对方有11个人，都不能阻挡你，你要冲过得分线！”

正是凭着这种必胜的信念和惊人的气魄，绿湾橄榄球队的队员们才可以在赛场上战无不胜。在比赛中，他们的脑海里除了胜利还是胜利。对他们而言，胜利就是结果。为了结果，他们奋勇向前，没有抱怨，没有畏惧，没有退缩，不达目的誓不罢休。

无论你的目标是什么，都要坚定地走下去。尽管前进的路上可能会遭遇困难，但越是困难的关头就越是显示雄心气魄的时刻，这时候更是要咬紧牙关，强化心中必胜的信念，带着一份冲天霸气继续前进，昂首阔步迈向成功的彼岸。

阿尔卑斯山脉是欧洲最高大的山脉，位于欧洲南部，长约 1200 多千米。平均海拔 3000 米左右，最高峰勃朗峰海拔 4810 米。山势雄伟，风景优美，许多高峰终年积雪。

当年，拿破仑统帅大军征战，想通过圣伯纳德关隘翻越阿尔卑斯山。当他来到关隘时，问从前方探路回来的士兵："大部队能不能穿过那条小路？"

"也许有这个可能吧。"士兵吞吞吐吐地回答，接着描述了种种不可逾越的困难。"那么就前进！"这位来自科西嘉的矮个子男人挥手发出命令，全然不顾士兵所说的困难。

英国人和奥地利人对拿破仑的军队要翻过阿尔卑斯山的想法嗤之以鼻，他们的理由是，这个关口"没有车轮从那里碾过，也不可能从那里碾过"，更何况拿破仑率领的是一支 6 万人的队伍，部队还带着笨重的大炮，还有成吨的弹药、军需品等。

当拿破仑以前无古人的霸气完成了这项不可想象的壮举之后，人们才意识到这看似不可能完成的事情也是可以完成的，那时人们是被自己夸大的困难给吓倒了。还有许多人虽有充足的补给、顽强的战斗力和必需的装备，却唯独缺乏像拿破仑那样的气魄。

拿破仑发动一场战役只需要两周的准备时间，换成别人会需要一年。之所以会有这样的差别，正是因为拿破仑有无与伦比的激情。战败的奥地利人在目瞪口呆之余，也不得不称赞这些跨越了阿尔卑斯山的对手："他们不是人，是会飞行的动物。"

拿破仑第一次远征意大利，只用了1天时间就打了6场胜仗，缴获了21面军旗，俘虏1000人，并占领了皮德蒙德。

拿破仑取得辉煌的胜利后，一位奥地利将领愤愤地说："这个年轻的指挥官对战争艺术简直一窍不通，用兵完全不合兵法，他什么都做得出来。"但拿破仑的士兵也正是以一种根本不知道失败为何物的热情跟随着他们的长官，从一个胜利走向另一个胜利。

面对前进路上的严峻挑战，有的人退缩了，有的人这样安慰自己"退一步海阔天空"，其实这样的思想是消极的，因为只要思想存在任何懈怠的迹象和苗头，都是埋下了失败的种子，为其繁衍和成长创造了条件。面对失败、面对考验，我们应该有"扼住生命的咽喉"的冲天霸气，带着必胜的信念，充分挖掘自身潜能，克服和战胜一切的困难。

在真理面前，要有力排众议的魄力

伽利略坚持己见，遭到了众人的排挤，为此他在比萨斜塔上做落体实验，最后推翻了亚里士多德的理论；布鲁诺提出唯物主义思想，撼动了教会的统治地位，被教会处以火刑，在罗马百花广场英勇就义。在真理面前，我们应该学习古人那种英勇不屈的狠劲儿，必要时刻要有力排众议的魄力，让自己的观点得到贯彻执行。

在人生的舞台上，尤其在一些企业组织内部，经常会遇到这样的情况：新的意见和想法一经提出，就出现各种反对质疑之声。其中有真正的反对者，也有对新意见不了解的人，更有不少盲目跟风的人。面临这种情况，我们一定不能泄气，只要你的观点是经过深思熟虑的，就应该义无反顾地坚持下去。对于一些冥顽不灵的人，无论你怎么说，他们可能都不会接受，既然这样，就干脆不要寄希望于他们的赞同；而对于不了解情况的人，应该耐心地向他们说明道理，使反对者变成赞成者，这样就能改变那些跟风者，孤立那些反对者。

有一次，林肯总统将六个幕僚召集在一起开会。当时林肯提出了一个方案，但却遭到了六个幕僚的反对，于是便产生了激烈的争论。林肯在仔细听取其他六个人的意见后，仍感到自己是正确的。于是在最后决策的时候，尽管六个幕僚一致反对林肯，但林肯却用不可置疑的口吻说："虽然只有我一个人赞成，但我仍要宣布，这个方案通过了。"

表面来看，林肯总统这种忽视多数人意见的做法似乎是过于独断专行了，但正如苏联领袖列宁所说："真理往往掌握在少数人手中。"林肯是在仔细了解并比较了其他六个人的看法的基础上，经过深思熟虑以后才作出的决定。虽然遭到了众人的反驳，但也许只有一个人不同意，其他人只是盲目跟风、人云亦云，根本就没有认真考虑过这个方案的可行性。在这种情况下，林肯自然应该力排众议，坚持己见，这才是一个伟人理应具备的气魄。

有时候，不仅进攻性的决策需要有力排众议的魄力，撤退性的决策更需要。瑞士军事理论家菲米尼有一句名言："一次良好的撤退，应与一次伟大的胜利一样受到奖赏。"他这句话虽然是用于战争的，但在企业决策上也同样适用。

1964年10月，日本松下电器公司总裁松下幸之助在分析了各种情况后，决定停止大型电子计算机的开发生产，这是一个大胆的决策。

在此之前，松下电器公司的通信部已经为此项工作付出了巨大的人力、物力、财力，并且已经试制成功了该项产品。但松下幸之助却看出，大型计算机的市场前景不容乐观，需求量极少。鉴于这种情况，他决定及时放弃这个项目。

这个决策一经发布，顿时舆论哗然，来自内部、外部的不同意见此起彼伏，不绝于耳。花费5年时间、耗费巨资的项目就如此放弃，对松下电器公司来说是一笔不小的损失。面临众多的困扰和压力，松下幸之助力排众议，毅然决然地停止了这个没有前途的项目，把人力、物力、财力用到其他方面。

为什么松下电器公司对已花费了5年时间、投入了巨额资金进行开发、眼看就要有收获的项目，偏偏要放弃了呢？原来，松下幸之助发现电脑市场的竞争日趋白热化，仅在日本就有富士通、日立等公司在做最后的冲刺，如果此时松下电器再加入，将有可能出现两种情况：一是会勉强生存下来，二是有可能导致全军覆没，这就等于拿整个企业下赌注。所以，面对这样的市场形势，他毅然作出退出大型计算机市场的决策。后来的事实证明，松下先生是正确的，正是由于他力排众议的决策，才让企业损失降到了最低程度。

在企业经营中，每个重大决策在付诸实践时都投入了大量的人力物力，中途撤退，必然造成一定的损失。但如果执意不退出，继续沿着错误的路线走下去，就有可能遭遇覆灭之灾。并不是每个人都有着松下幸之助那样敏锐的触觉，所以他才有着“经营之神”的荣誉称号。其实很多时候，能先人一步感觉到危机来临的常常只是一小部分人。所以在真理面前，我们必须有力排众议的魄力，这样才能力挽狂澜，让自己化险为夷。

有强大的气势支撑，就能以弱胜强

春秋时期，鲁国有个叫曹刿的人为后世留下了“一鼓作气，再而衰，三而竭”的真知灼见。为何弱小的鲁国能打败比自己强大很多的齐国呢？曹刿认为是气势所致，有了强大的气势支撑，即使是弱小的一方也可以战胜强大的对手。

面对过于强大的敌人，很多人的第一反应就是退缩，放弃抵抗，接受失败的结局。其实决定胜负的因素十分复杂，弱小并不意味着失败，只有对自己狠一点，展现出自己的魄力，才有可能打破壁垒，创造奇迹，赢得最后的胜利。如果还没开始战斗就气馁丧气，退缩求饶，那就永远与成功无缘。

俄国著名作家屠格涅夫曾经目睹这样一件事：一只母麻雀为了保护自己的孩子，居然战胜了一只凶狠的猎狗。

那天屠格涅夫打猎回来，走在林荫路上，看到一只小麻雀呆呆地站在地上，无可奈何地拍打着小翅膀。它嘴角嫩黄，头上长着绒毛，分明是刚出生不久，从巢里掉下来的。

饥饿的猎狗看到了美味的食物，慢慢地靠近，嗅了嗅，张开大嘴，露出锋利的牙齿，想要将之一口吞下。

这时，一只体型较大的麻雀突然从树上扑了下来，像一块石头似的落在猎狗面前，它扎煞起全身的羽毛，疯狂地尖叫着。这只麻雀用翅膀护住小麻雀，一会儿扑腾翅膀，一会儿凝神不动。每当猎狗扑上去的时候，母麻雀就突然变换姿态和声音，给猎狗一个惊吓。

久而久之，猎狗终于疲劳和迷惑了，呆呆地望着到嘴边的肉却不敢吞食，只能悄悄地走开。就这样，麻雀凭借着自己无所畏惧的凛然霸气战胜了比自己强大数十倍的猎狗，保护了自己的孩子，最终化险为夷。

在这场惊心动魄的对峙中，如果麻雀有一丁点的退缩心理，就有可能葬送自己和孩子的性命。奇迹发生源自深深的母爱，是伟大的母爱让麻雀爆发出了惊人的气魄，爆发出了一种压倒一切，令对方害怕的霸气，震住了对方，最终赢得了胜利。

俗话说："狭路相逢勇者胜。"越是面对强大的敌人，我们越要勇于迎接挑战，在战斗中让自己更强大，在与狼搏斗中让自己的"爪牙"更锋利。

战国时期，秦国倚仗强大的军事力量横扫六国，一统天下。当秦国派出大军攻打楚国时，遭遇到了项燕部队的殊死抵抗。最终，项燕战败，拔剑自刎。在临死前，他向对面的秦国军队高声大喊道："楚虽三户，亡秦必楚！"当秦始皇嬴政登上皇帝宝座之后，项燕的孙子项羽却念念不忘祖父留下的那句话。

项羽小小年纪就很有男儿气概，他的叔父项梁觉得这个孩子是个可造之材，就悉心培养他。项梁为他请来名师教读书，但是项羽学过一阵之后就厌倦了，天天跑出去跟人舞刀弄剑。项梁又给他请来剑术老师，但不久他又觉得舞刀弄剑也没意思了。项梁看侄子学无所成，就把他找来训斥一番。可是项羽一点儿也不服气，他说："读书只不过能记个名姓罢了，剑术学得再好也只能对抗一个人，我不愿学习这些，要学就学能够抵挡万人的本领。"项梁听了，觉得这个孩子很有气魄，就教他学习神鬼莫测的兵法。

秦始皇统一全国后，建立了统一强大的秦朝，他为了宣扬威德，进一步巩固统治，经常到全国各地巡游。一次，秦始皇南巡会稽（今浙江），当他的车马仪仗浩浩荡荡、威风凛凛地经过南江（今江苏吴县附近）时，人们都在大路两旁驻足观看，少年项羽和他的叔父项梁也在其中。就在这时，项羽忽然指着秦始皇对他的叔父说："我将来可以夺取他的地位取代他！"项梁听了，吓得变了色，急忙捂住项羽的嘴，责备他："这话可不能乱说，你难道不怕咱们全族上上下下都被杀头吗？"可是在心里，项梁却也赞赏他这小侄子的霸气逼人。自那以后，项梁就更加用心栽培项羽了。

后来，陈胜、吴广在大泽乡揭竿而起，项梁和项羽也在会稽杀死当地太守，举旗响应。他们带领义军转战南北，把秦军打得大败，最后刘邦领导的农民起义军直捣秦朝都城咸阳，秦王子婴出城投降，中国历史上的第一个封建王朝就这样灭亡了。之后，项羽自立为西楚霸王，封刘邦为汉王，这样他就真的取代了秦始皇的地位。

秦王朝虽然强大，但却吓不倒真正的正义之师，正是因为有项羽这样天不怕地不怕的盖世英雄，才能推翻黑暗的秦朝统治。

面对敌人，我们首先不能在气势上输掉，即使实力天差地远，也要展现出自己的凛然霸气。有时候，强大的霸气能够激发一个人的潜能，让他发挥出超越自我的神奇力量。

即使厄运缠身，也要漂亮地活下去

曾有这样一幅画面：一株纤弱的小树苗从巨石的缝隙中爬出来，蜿蜒地向上生长，倔强地寻求一缕阳光。看到这幅画的人，无不从中感受到小树苗那不甘平庸，奋发向上的气魄。即使上帝待自己很不公平，让自己厄运缠身，我们也要漂亮地活下去，这是对生命的宣言。

生活中，很多人抱怨自己时运不济，却不知自己所谓的倒霉跟真正厄运缠身的人相比，不知幸运了多少倍。有首歌这样唱：“三分天注定，七分靠打拼。”成功虽然也需要一些运道，但这绝不是获得成功的主要原因，更重要的是你如何看待厄运和挫折，真正的勇士是打不倒的，他们总能一次次站起来，抱着一股狠劲儿继续朝着目标迈进。

在美国夏威夷的基拉韦厄小镇，有一个叫贝瑟妮·汉密尔顿的小女孩，非常喜欢冲浪。从小她跟随父亲在夏威夷海岸与奔腾的浪潮搏击，但一场突如其来的灾难却差点夺去她的生命。那是 2003 年 10 月 31 日的早晨，一条鲨鱼撕去了小姑娘的左臂。

几个星期之后，当她胳膊上缠绕的绷带被慢慢拆开时，长长的伤口呈现出来。她的哥哥顿时脸色惨白，妈妈几乎要晕倒，她那苍老的外婆独自走出病房掩面而泣。没人愿意接受这个残酷的现实，因为这一年，她才 13 岁。

唯独贝瑟妮自己显得异常平静，当大家都疑惑于她不合年龄的镇定时，她说了一句让所有人都感到震撼的话：“世界上没有可以让时间倒流的机器，我无法改变这个现实。也许这就是上帝为我安排的命运，我要勇敢地面对它。我仍然期待有一天能够重返大海。”

一个多月后，人们惊奇地发现，她的身影又出现在海边。人们关切地问她的近况，她说：“我还要继续冲浪！”人们都对她报以祝福的笑容，但大多数人都认为这是不可能的。冲浪是一种需要技巧和平衡的运动，一个断了手臂的人如何能在翻滚的大浪中做到平衡呢？

事实证明，贝瑟妮可以做到。她又开始刻苦训练。有一天，当她再次登上冲浪板时，不一会儿就掉进了咸涩的海水里，但她马上又站起来重新登了上去……

人们好心地劝她停止这种无谓的努力，但贝瑟妮表示要坚持下去，她富有激情地说：“我的灵魂属于冲浪，冲浪板就是我的生命之船，而我的双臂就是一对船桨。以前我用双桨遨游大海，现在我不小心折断了一支，但所幸的是我还有一支，只要有一支桨，我照样可以遨游大海！”就这样，贝瑟妮一次又一次地从冲浪板上摔下来，一次又一次地登了上去……

终于，在经过漫长而刻苦的训练之后，她不仅恢复了原来的冲浪水平，而且技能还有所提高。在她 19 岁那年，一举夺得了第 15 届美国冲浪锦标赛冠军。

在人生道路上，残酷的厄运随时都有可能出现，我们要做好应对一切挫折的准备。须知厄运是把双刃剑，它阻碍了我们的进步，同时也促使我们更加坚强，只有用平静的心态看待厄运，继续努力，才能让自己活得漂亮。

英国史学家卡莱尔经过多年的努力，费尽心血才完成法国大革命史的全部文稿，他将这本巨著的原件送给他的朋友米尔阅读，请米尔批评指教。

隔了几天，米尔脸色苍白地跑来向卡莱尔报告了一个悲惨的消息：法国大革命史的原稿，除了少数几张散页外，已经全被他家里的女佣当作废纸，丢入火炉化为灰烬了。

遭受这样的厄运，卡莱尔非常绝望，因为他呕心沥血所撰写的这部法国大革命史只有一份原件，当初他每写完一章，随手就把原来的笔记撕得粉碎，所以没有留下来任何记录。这就是说，他的全部心血已经化为灰烬了。

然而第二天，卡莱尔就显示出了打不倒的强者风范，他重振精神，又买了一大沓稿纸，开始重新撰写。他后来说："这一切就像我把笔记簿拿给小学老师批改时，老师对我说：'不行！孩子，你一定要写得更好些！'"

很多人在遭遇巨大的厄运后就陷入了一蹶不振的境地，没有重新来过的勇气魄力，那么他这一生也就完了。经历一次重创就放弃的人，只能成为战场上可怜的炮灰，只有怀着"黄沙百战穿金甲，不破楼兰终不还"的冲天霸气，再一次向目标发起挑战，才能让自己东山再起，赢得成功的青睐。

保持从容淡定才是强者风范

"呆若木鸡"一词现在常用来形容一个人痴傻发愣的样子，是一个贬义词，然而它最初的含义却是一个褒义词。战国时期，纪渻子为齐王养斗鸡，四十日后才达到"呆若木鸡"的境界，那是一种从容淡定的强者风范，其他斗鸡看到后都望风而逃，不战自溃。

北宋文学家苏洵曾说："为将之道，当先治心。泰山崩于前而色不变，麋鹿兴于左而目不瞬，然后可以制利害，可以待敌。"意思是作为一名将领，首先要控制自己的心，即使泰山在面前崩塌，即使麋鹿突然从旁边跃出，也要保持从容镇定，这样才可能控制战场的局面，取得最后的胜利。从中我们可以悟出：真正的强者，应该具备从容淡定的风范气度。

公元 383 年，前秦皇帝苻坚率领百万大军攻打东晋。东晋得知秦军来犯，顿时陷入了恐慌之中，因为当时东晋军队数量远不如前秦。只有丞相谢安镇定自若，他认为敌我兵力虽然悬殊，但是敌人孤军深入，内部矛盾重重，战斗力不一定强；东晋虽然兵少将寡，但胜在上下军民一心，未必不能以少胜多战胜强大的敌人。

于是，东晋以谢安之侄谢玄为先锋，率领经过 7 年训练，有较强战斗力的"北府兵"8 万人沿淮河西上，迎击秦军主力。临行前，谢玄心中十分忐忑，他问谢安有什么对策，谢安只说了一句："我已经安排好了。"然后绝口不谈军事。谢玄心中还是没底，又让张玄去打听，谢安依然闭口不谈对策，而是拖着张玄和他下围棋。原本张玄的棋艺远在谢安之上，但此时秦军兵临城下，他沉不住气，结果张玄输给了谢安。

后来，东晋军队果然抓住了前秦军队军心不稳的弱点，在淝水之战中以少胜多，痛击秦军。当捷报传来时，谢安正在与客人下棋。当时他看完捷报，便从容地把捷报放在一旁，然后继续下棋。客人憋不住问他，他只是淡定地说："小儿辈大破贼。"直到下完了棋，客人告辞以后，谢安才抑制不住心头的喜悦，舞跃入室，把木屐底上的屐齿都碰断了。

无论何时都能保持从容淡定的人，常常使周围人感到一种霸气凛然的气场，这种风采气度总是令人心折。面对秦军的大举进犯，谢安表现镇定自若，稳住了众人的心；面对苦苦等来的捷报，谢安表现得喜不形于色，没有失了分寸。这种从容淡定的气度才是真正的强者风范，有了这种从容淡定，谢安才能冷静地作出军事部署，才能打破秦军，保家卫国。

其实，不光是在战场上，在任何场合我们都应该做到从容淡定，不管遇到什么情况，都不能自乱阵脚，否则就很容易出现失误。比如在足球运动场上，强大的运动员面对对方球员的带球突破时，面对对方以多打少时，他们也能做到镇定自若，从容防守；在橄榄球比赛中，强大的球手即使传球失误，也不会慌乱，而是从容地反抢；在人生的舞台上，真正的强者即使遭遇了危机也能保持镇定，然后用最冷静的思考和最周全的方案来拯救自己。

岳鹏毕业后进入了一家服装设计公司，并有幸认识到了一位经验丰富的前辈。在这位前辈的指导下，岳鹏曾将很多陈旧平淡的款式改装成时髦的流行款式，产品一经推出，总是能让消费者们眼前一亮。但这些设计都是在前辈的指导下完成的，他缺乏独自设计产品的经验。

有一次，公司的一位大客户要参加一个重要的造型设计比赛，经理让岳鹏和他的前辈为这个客户设计一款独特的服装。但当时岳鹏的前辈因为家里有重要的事情，不得不请假回去，无法领导这次服装设计。因此，经理把这次设计任务交给了岳鹏全权负责。

第一次独立接到这么重要的任务，岳鹏一开始感到非常兴奋，但很快他就感到焦虑和压力重重。他想：以往都是前辈带着我一起做设计，现在让我一个人负责，万一我没设计好怎么办呢？那样会辜负前辈的期望，还会让经理对我失望，更会让客户对公司失去信任……想到这里，岳鹏感到肩上的压力越来越大，他甚至想找个理由向经理推掉这个设计任务。

权衡之下，岳鹏决定给那位一直指导自己的前辈打个电话，把自己的压力告诉他。那个前辈听到他的诉说后，虽然忙于处理家中的事情，但依然抽时间引导和鼓励他："有什么大不了的，不就是一次平常的设计吗？你没必要太在意，放轻松吧，你会有出色的设计的。"

听完前辈的鼓励，岳鹏感到心态放松起来了，他开始带着平常心去做设计。后来，他为客户设计了一款非常好的服装，赢得了客户和经理的高度评价。

于丹曾说："淡定从容来源于内心的强大。"做人从容淡定是一种另类的"狠"，它可以让人始终保持清醒的头脑，冷静处理各种突发状况。面对有难度的挑战，有压力是正常的，但真正的强者会迅速调整心态，变压力为动力，从而表现出一种从容淡定的气度。

第8章

做事一定要狠：狮子搏兔用全力，所向披靡狠当先

孔子说："取乎其上，得乎其中；取乎其中，得乎其下；取乎其下，则无所得矣。"在这个竞争激烈的社会上，要想从芸芸众生中脱颖而出，没有一股做事的狠劲儿是不行的。我们要以高标准来要求自己，逼自己做到最好。不管是做什么事，都应该"取乎其上"，向上看齐，否则成功就会变成沙漠中的海市蜃楼，虽然动人心魄，却永远也无法抵达。

高标准要求自己，尽力做到最好

孔子云：“取乎其上，得乎其中；取乎其中，得乎其下；取乎其下，则无所得矣。”意思是说，如果你追求最高的标准，会得到中等的结果；如果你追求中等的标准，会得到一般的结果；如果你追求一般的标准，那么最后你什么也得不到。

生活中，有些人梦想瘦成一道闪电，但制订的锻炼计划却是“三天打鱼，两天晒网”，他们的瘦身梦想也注定只是痴人说梦；有些人梦想考取更高的学位，但却不能在屋里安静地学习两个小时，迎接他们的也只能是名落孙山的结局；有些人梦想得到晋升的机会，但他每天所做的只是准时上下班、不迟到、不早退而已，和其他员工没什么区别，所以他们注定一生碌碌无为，永远也不会得到命运女神的眷顾。

伏尔泰是18世纪杰出的讽刺文学作家，他创作的悲剧《扎伊尔》公演后受到了观众一致好评。但伏尔泰本人却并不满意，他觉得剧中对人物性格的刻画和故事情节的描写尚有许多不足之处。于是他就反复地修改起来，直到自己满意了才罢休。

但如此大动手脚可就苦了那些演员们，因为只要他修改一次，演员们就得重新按修改后的剧本排练一次。主演杜孚林拒绝接受伏尔泰重新修改后的剧本，甚至拒绝和伏尔泰见面。即使伏尔泰亲自上门把稿子塞进杜孚林的信箱，杜孚林还是拒绝看他的修改稿。

有一天，伏尔泰听说杜孚林要举行一个盛大的招待宴会，他就买了

1个大馅饼和12只山鹑，派人送到了宴会上。但当侍者把礼物端到餐桌上时，所有的客人都大吃一惊，原来每只山鹑的嘴里都塞满了纸，全是伏尔泰的稿子。

杜孚林哭笑不得，后来见到伏尔泰的时候问他："《扎伊尔》已经非常受欢迎了，你为什么还要修改？"伏尔泰回答："我必须做到最好，才对得起那些观众！"

伏尔泰之所以取得这么高的成就，并不是因为他的智商有多高，而是因为他一直用最高标准要求自己，尽力做到最好。瞄着高标准，选择高起点，你才能有所提高、有所进步。假如你永远停留在"初稿"那种低层次的标准上，就永远都不会进步，永远无法成为优秀的人。

在美国，有位军人在战场上负了伤，不得不退伍回家。作为一个残疾的退伍军人，想找份工作非常不容易，所以他遭到了无数次的拒绝。但他不甘放弃，继续寻找着可能的机会

这一次，他到美国最大的一家木材公司去求职，他对公司的老板说："作为一名退伍军人，我会完成您交给我的任何任务，请给我一次机会。"

老板看了看他的档案，又瞅了瞅他这个样子，说："好吧，我现在就给你一个任务。这个周末我要乘火车去犹他州参加妹妹的婚礼，麻烦你帮我买一件礼物，那是一个漂亮的蓝色花瓶，地址在这张卡片上。花瓶买到之后，送到我所在的车厢就可以了。"

退伍军人接过卡片，郑重地说："我保证完成任务！"

于是这个退伍军人开始行动，他走了很长时间才找到那个地址，但那里根本没有老板描述的那家商店。他第一时间想到给老板打电话，告诉他那个地址是错的，但老板的电话已经打不通了。怎么办？他陷入了焦虑之中。

想到自己作出的承诺，他毅然决定自己找到那家礼品店。经过长时间的打探和查访，他终于在距离这个地址五条街的地方，看到了老板所描述的那家店，也看到了橱窗里的蓝色花瓶。他飞奔过去，却发现这家商店已经提前关门了。

为了完成任务，他打听到这家店经理的电话。但当他说明情况后，对方却说："我在度假，现在不营业。"然后就把电话撂下了。

一个又一个的难关，让他感到十分沮丧，但他不能就此放弃，他必须尽力做到最好，因为他向老板承诺过：保证完成任务。他甚至想砸破橱窗拿到那只蓝色的花瓶，但附近恰好有一位警察，一直全副武装地站在那里，他只好放弃了这个念头。

经过一番深思熟虑，他再一次拨通该店经理的电话，他对那个经理说："我今天一定要拿到那只蓝色的花瓶，因为我承诺过，这关系到一个军人的荣誉，请您帮帮我。"

这一次，经理没有马上挂掉电话，于是他继续诉说自己的境况。因为在战场上承诺一定要把受伤的战友背出战场，为此他才身负重伤，不得不退伍回家。那个经理被他感动了，终于决定派一个人给他打开商店的门，把这个蓝色的花瓶卖给了他。

虽然退伍军人拿到了蓝色的花瓶，但此时老板的火车已经开了，他要怎样才能追上高速运行的火车呢？难道就这样功亏一篑了吗？不，他没有放弃。他给过去的战友打电话，用尽各种途径，终于找到了一位愿意把私人飞机租借给他的人，然后他乘驾飞机赶到老板乘坐的火车的到达站，当他气喘吁吁跑进站台的时候，老板的火车正好缓缓地驶进站台。

由于出色地完成了任务，他被老板直接录用为公司远东地区的经理。原来，那错误的地址，提前关门的商店，全副武装的警察，都是公司提前安排好的，公司精心安排的这个蓝色花瓶测试，就是为了找到一个能克服种种困难完成任务的高效执行者。

这个蓝色花瓶测试真可谓别出心裁，它为木材公司找到了一位能力出众的人才。是啊，如果遇到一点阻碍就选择放弃，那就不是一个做大事的人。只有抱着一股狠劲儿，严格要求自己，将老板交代的任务尽全力做到最好，才会受到老板的青睐。

美国成功学家格兰特纳说："如果你有自己系鞋带的能力，你就应该有上天去摘星星的机会。与其浪费时间和精力寻找借口，不如好好想想怎样努力把工作干好，把困难克服，获得一种成就感。"优秀的人在做事时总是以高标准要求自己，把每一件事尽力做到极致，这样的人才能掌控自己的命运，将胜利的旗帜插在云梯的顶端。

天下事不做则已，做就要尽善尽美

一个能够迅速成功从而享有盛名的人，做起任何事情来一定狠劲儿十足，时时充满着活力和气魄；一个混沌半生一事无成的人，做起任何事来一定是没精打采，处处流露着低靡和散漫。古往今来的成功人士都信奉这样的准则：天下事不做则已，做就要做得尽善尽美。

生活中，许多人常常用敷衍的心态来做事，不肯把事情做得尽善尽美，只用"足够了""差不多行了"来搪塞了事，结果导致事情无法圆满完成，这样的人是注定难有作为的。无数事实证明，那些做事马马虎虎，处处投机取巧的人，任凭他的学识再怎么高，也不会有出头之日。只有抱着一股狠劲，事事竭尽全力，力求尽善尽美，才能成为出众的人才。

日本邮政大臣野田圣子既是日本现内阁中最年轻的阁员，也是唯一一位女性大臣。然而有谁能想象得到，她的事业起点却是从喝厕水开始的呢。

野田圣子的第一份工作是在帝国酒店当白领丽人，在受训期间负责清洁厕所，每天都要把马桶抹得光洁如新才算合格。可是自出娘胎以来，她从未做过如此粗重的工作，因此第一天伸手触及马桶的一刻，几乎呕吐，甚至在上班不到一个月时便开始讨厌这份工作，

事情的转变发生在一个不起眼的夜晚，和野田圣子一起工作的前辈注意到她的工作存在瑕疵，就再次对她作了一次清洁示范。然后，这位前辈又加了一个“额外动作”，在清洁马桶后居然伸手盛了满满一杯马桶水，并在她面前一饮而尽。看着一脸惊愕的野田圣子，这位前辈笑着说：“你看，经我清洁过的马桶干净得连水也可以喝。”

当时，野田圣子感到了极大的震撼，她突然明白了，如果她连洗马桶这点小事都无法做到尽善尽美，那做其他事还谈什么成功？后来经过努力，她最终在受训的最后一天也能坦然地喝下一杯厕所水。这杯干净的厕所水，从那一刻起就成为她为人处世的力量源泉。

事业能否做大，根本不在于从事什么行业，而是取决于自己对所做的事有没有一股做到最好的狠劲儿。要获得一流的成果，就应有一流的精神。就算一生洗厕所，也要做一个洗厕所最出色的人，这样想问题才是做事立业的根本。

在工作中，那些因为任务难度高而放弃努力的人是很难受到上司的青睐和同事的尊重的，他们缺乏挑战困难的狠劲儿，并且不愿靠努力学习来弥补能力的不足，这样的人是很难在工作中作出成绩的。而那些出色的人才从不逃避自己的工作，他们做起事来总是一丝不苟，努力把每一项任务都做得尽善尽美。

2003 年 10 月 16 日，一段历时 21 小时 23 分钟的完美太空飞行，让全世界记住了他的名字——杨利伟。伴随着他的成功返航，中华民族的千年飞天梦想得以实现，中国成为继美国和俄罗斯之后第三个掌握载人航天技术的国家。

杨利伟作为中国第一代航天员，他身上肩负的责任重大。杨利伟所在的部队师长为他送行时说："利伟，到训练中心要好好干，别的我都不担心，因为你已经飞了 10 年，飞行经验上是没任何问题的，你遇到的最大挑战就是基础理论知识和专业知识的学习，希望你扛得住。"

师长的话果然没错，杨利伟进入航天员训练中心后发现，在基础理论课上自己的确欠缺很多，很多知识是自己以前从没有接触过的，要掌握这些知识的确很困难。但是，杨利伟没有被困难吓倒，他坚信通过自己的努力和奋斗，一定会比别人进步得更快。于是他废寝忘食，努力钻研文化知识。进训练班的前两年，他每天都在半夜 12 点以后睡觉。因为英语基础知识比较薄弱，他经常打电话给妻子，让妻子陪他练习英语口语。通过不懈的努力，基础理论训练结束时，杨利伟的成绩是全优。

在职场中，有些人经常以"难度太高"为理由而不去完成任务，而看过杨利伟的故事后，我们应该这样说：那些看起来冠冕堂皇的理由，只是我们逃避困难的借口，只要你狠下心来，全力以赴，任何艰巨的任务都能完成。

无论走到何处，一位做事尽善尽美的人，总是受人欢迎的。做事精益求精，不但可以使你的精神愉快，而且可以使你的才能迅速提高，学识日渐充实，并逐步可以胜任其他更重要的工作。如果你能秉着这种态度去做事，那么你一定会是一个成功的人。

完美的艺术，由细节来成就

靠精工细活而闻名于世的瑞士手表，它的每一个部件的尺寸及重量都经过了严格的测量与打磨；以建造工艺复杂而精确著称的古埃及金字塔，它的每块巨石与巨石之间绝妙的吻合，令现代人都叹为观止。这些都体现了细节的重要性，是细节成就了它们的完美。

古英格兰有一首很著名的民谣："少了一枚铁钉，掉了一只马掌；掉了一只马掌，折了一匹战马；折了一匹战马，败了一场战役；败了一场战役，亡了一个王朝。"这是理查三世王朝颠覆的故事。虽然仅仅是民谣，但我们细细体会一下，便可以想象一枚小小钉子的威力。很多时候，事态之所以发展到相当严重的地步，就是因为没有事先注重细节。

要想成就一件完美的艺术品，就要有一股做事精益求精的狠劲儿。一篇文章，要想让读者读起来赏心悦目，离不开作者对文章细节的把握，即使是出现标点符号的小错误，都会让文章失去它应有的美感；一座大厦，要把理想中的设计蓝图变成现实中的摩天大楼，离不开建筑工人精益求精的工作，即使是缺少一砖一瓦，都会给这座建筑艺术带来缺憾。

贝聿铭是一位著名的华裔建筑师，他觉得自己设计生涯中最失败的一件作品是北京香山宾馆。这座宾馆在建设过程中他一直没有去督促过，因而成了他一生中最大的败笔。

实际上，在香山宾馆的建筑设计中，贝聿铭对宾馆里里外外每条水流的流向、水流大小、弯曲程度都有精确的规划，对每块石头的重量、体积的选择，以及什么样的石头叠放在何处最合适等等都有周详的安排，对宾馆中不同类型鲜花的数量、摆放位置，随季节、天气变化需要调整不同颜色的鲜花等等都有明确的说明，真可谓是匠心独具。

但是，建筑队在施工的时候却没有意识到这些“细节”的精妙之处。他们随意改变水流的线路和大小，搬运石头时不分轻重，石头的摆放位置也是随随便便。而贝聿铭也没有对建筑队的工作进行实时监督把控，而是放手让他们去干。等到工程结束，他看到自己的设计被糟蹋成这个样子时，才感到痛心疾首，但已经悔之晚矣。

再完美的设计，如果离开对细节的把控，都会变成令人惋惜的半成品。忽略细节导致了香山宾馆建筑的失败，如果贝聿铭能够带着一股苛求完美的狠劲儿，对自己的设计进行严格的监督把控，相信这个建筑一定会成为他的骄傲之作。

20 世纪最伟大的国际建筑大师密斯 · 凡 · 德 · 罗在被要求用一句话来描述他成功的原因时，他说：“魔鬼藏于细节之中。”他一再强调的是，不管你的建筑设计方案如何恢弘大气，但如果你对细节的把握不够到位，那么你的作品就不能称为一件好作品。在他看来，注重细节可以成就一件伟大的作品，反之，疏忽细节会毁坏一个宏伟的规划。

2003 年 2 月 1 日美国东部时间上午 9 时，美国“哥伦比亚”号航天飞机在得克萨斯州北部上空解体坠毁，7 名宇航员全部遇难。调查结果表明，造成这一灾难的原因竟是一块脱落的泡沫击中了飞机左翼前的隔热系统。在制造这架航天飞机时，别的地方都是精雕细琢的，唯有在填充这些泡沫材料的时候是使用喷枪进行的。这些喷枪喷涂的时候，无法保证泡沫之间不留缝隙，而这些缝隙之中存在着大量的氢，航天飞机进入大气层后，氢膨胀溢出，导致泡沫材料疏松剥落击中了隔热瓦，从而导致摄氏1400度的高温气体摧毁了机翼和机体。

一小块脱落的泡沫就毁灭了一架造价不菲的航天飞机，还有7条无法用金钱衡量的宝贵生命。虽然泡沫脱落在一般人看来只是微不足道的小细节，但就是这样的细节让我们付出了惨痛的代价，又一次给我们敲响了重视细节的警钟。

品味细节，从小事做起，你会更强大；考量细节，从点滴起步，你会更睿智。不要看不起任何一个微小的因素，许多人的失败都是败在一些不起眼的细节上。在市场竞争日益激烈残酷的今天，任何细微的东西都可能成为关乎成败的决定性因素。所以人们常说“魔鬼藏在细节中”，只有拿出狠劲儿，与“魔鬼”在细节上较量，才能赢得最后的胜利。

只有重视小事，才能成就伟业

涓涓细流，一条条汇集到一起，才形成了浩瀚的海洋；根根树木，一棵棵生长起来连成一片，才变成了广袤的森林。不要瞧不起身边的蝇头小事，正是这些平凡日子里的点滴积累才给了雄鹰搏击长空的能力。所以你要记住，只有重视小事，才能成就伟业。

老子有句名言：“天下大事必作于细，天下难事必作于易。”意思是说：要想成就大事就必须从细微的小事开始，天下的难事也必定是从最容易的做起。

“冰冻三尺，非一日之寒”，成功不是骤然降临的，而是由点点滴滴的细微的成功凝聚而成的。把简单的事做好就是不简单，把平凡的事做细就不平凡。只有尽全力做好每一件小事，你才能在通往成功的道路上所向披靡。所以，对待手边的小事也要有一股狠劲儿，这是一个人走向成功的必由之路。

东汉时期，有一个名叫陈蕃的少年，一心想干一番大事业。这天，他的朋友薛勤来访，见他独居的院内杂草丛生、秽物满地，便对他说：“孺子何不洒扫以待宾客？”陈蕃回答说：“大丈夫处世，当扫天下，安事一屋？”薛勤当即反问道：“一屋不扫，何以扫天下？”陈蕃听了无言以对，觉得很有道理。从此，他开始注意从身边小事做起，最终成为一代名臣。

“扫天下”与“扫一屋”的哲学关系，恰好说明了大事与小事之间的演变关系。一心想做大事的人，往往不屑于小事，其实大事皆由小事而成，那些不愿做小事，不屑做小事的人，是不可能做成什么大事的。

人们常常抱怨生活平淡得如白开水，自己面对的都是一些小事、杂事，没有施展才能的机会。的确，日常生活中很少发生惊天动地的事情。可是，平平淡淡才是真，细微之处见真章，伟大的事业也许就蕴藏在这些“微不足道”的小事之中。

在康熙的诸多儿子之中，论德行论才干，老四爱新觉罗·胤禛都不是最好的。但是睿智的康熙皇帝在经过层层考察筛选之后，却将皇位传给了他，成就了这位历史上有名的雍正皇帝。康熙对胤禛的评价是：“耐烦不怕琐碎。”就是能够把小事做好，不眼高手低。康熙晚年，天下大势已定，这时候需要的就是一位有耐心，不怕麻烦的守成皇帝，所以胤禛就成了最好的选择。

很多成功者也并不是从一开始就卓越非凡，他们多数也是从做好小事情开始的。只有狠下心来，把小事做到极致，做到完美，才能一步步为自己赢得做大事的机会。

20岁那年，汤姆·布兰德进入了福特公司的一家工厂，和很多年轻人一样，他梦想着能成就一番事业。不过，他没有像其他年轻人那样急功近利，迫不及待地寻找一切可以晋升的机会，或者不择手段地往上爬，而是甘于从小事做起。

汤姆·布兰德从最基层的杂工开始，杂工的工作就是哪里需要去哪里，让你干啥你就干啥。虽然都是一些不起眼的小事，但是他干得非常认真，把每一件小事都做到了极致。干了一年的杂工以后，汤姆·布兰德基本熟悉了从零件到装配出厂需要的13个部门的生产流程，这为他以后成长为一名有整体眼光的管理者打下了良好的基础。

后来，汤姆申请调到汽车椅垫部工作，在那里他掌握了做汽车椅垫的技能。后来他又申请调到点焊部、车身部、喷漆部、车床部等多个基层部门去工作。不到五年的时间，他几乎把这个厂各部门的工作都做过了。

汤姆说："我并不急于成为某一部门的小工头，我是以整个工厂为工作目标的，所从必须花点时间了解整个工艺流程。我做的虽然都是些小事，但是我能够把小事做到极致，这就是我工作中最有价值的地方，这会帮助我实现自己的理想。"

汤姆说得很对，正是因为他能把每件小事都做好、做到极致，因而他逐渐成了装配线上的权威人物，并且很快就升为领班。在汤姆·布兰德32岁的时候，他成为15位领班的总领班，也成了福特公司最年轻的总领班。

汤姆·布兰德正是从把小事做到极致的过程中积累了足够的经验，获得了良好的发展机会，这为他日后作出更大的成就奠定了坚实的基础。

古人常说："欲速则不达。"只有先把小事做好，将来才能把大事做好。如果你能把小事当作大事那样重视，做到极致，那么当你以后真正面对大事的时候，你就会发现再大的困难也能克服，做好大事一点儿也不困难。很多人不屑于做小事，恨不得一口吃成个胖子，恨不得一夜作出不朽的业绩，这是不可取的。

"九层之台，起于垒土；千里之行，始于足下。"量变产生质变，任何一件大事，都是由一件件小事组成的。无论在生活中还是工作中，都不要忽略小事情，即使是小事情我们也要用做大事的心态去对待，把小事情做到极致，就能创造奇迹，成就伟业。

有时候，你要对自己狠一点

追忆过去，你是否为曾经怨天尤人而感到羞愧？反思现在，你是否为整日浑浑噩噩而感到懊恼？展望未来，你是否为梦想遥不可及而感到茫然？有时候，你不逼自己一把，永远也不会知道自己有多优秀！所以，每个人都要对自己狠一点，咬咬牙逼出自己的潜能，只有这样我们才能接近人生的目标，人生才会更加精彩！

有的人认为不必对自己太认真了，也不要太苛刻了，一辈子不就是图个安逸享受吗？何必那么死心眼儿，给自己找罪受呢？孟子说："生于忧患，死于安乐。"如果一个人习惯于现在，那么必将迷失未来，这是先贤给我们最郑重的告诫。

人生就是一段历程，每个人最重要的就是发现自己，认识自己。其实人的潜能就像弹簧一样，当外界越是施加压力的时候，产生的反弹力就越强，也就越能展示出个人面对困难，克服困难的能力，从而完成自己认为不可能完成的挑战。

韩信是汉王刘邦手下的大将，他为刘邦定计，先攻取了关中，然后东渡黄河，打败并俘虏了背叛刘邦、听命于项羽的魏王豹，接着往东攻打赵王歇。

韩信的部队要通过一道名叫井陉的山口，那是一条十分狭窄的路口。赵王手下的谋士李左车主张一面堵住井陉口，一面派兵抄小路切断汉军的辎重粮草，这样韩信的远征部队就没有了后援，一定会不战而败；但大将陈余仗着兵力优势，坚持要与汉军正面作战。

韩信探明这一情况后，命令部队在离井陉三十里的地方安营扎寨。到了半夜，他将一些点心分给将士们吃，告诉他们打了胜仗再吃饱饭。接着，他派出两千轻骑从小路隐蔽前进，要他们在赵军离开营地后迅速冲入赵军营地，换上汉军旗号；又派一万军队背靠河水排列阵势，故意引诱赵军前来。

到了天明，韩信率军发动进攻，双方展开激战。不一会儿，韩信发出信号让汉军假意败退。赵军全部离开营地前来追击，一直追到了河边。这时，韩信才命令主力部队全力出击，这些背水结阵的士兵因为知道没有了退路，所以全都奋力死战，以一当十。赵军无法取胜，只好鸣金收兵。但回到扎营的地方却发现营中已插遍了汉军旗帜，于是四散奔逃。这时汉军乘胜两面夹击，赵军彻底大败。

后来，有将领问韩信："兵法上说，列阵可以背靠山，前面可以临水泽，您却让我们背靠水排阵，然而竟取胜了，这是什么策略呢？"

韩信笑着说："兵法上也说过'陷之死地而后生，置之亡地而后存'，如果是在有退路的地方，敌众我寡的情况下，士兵们肯定都逃散了，哪还能这么拼命呢！”

潜力都是逼出来的，要想获得成功，我们一定要对自己狠一点，抱着“背水一战”的思想，往往就能创造很多奇迹。

清末名臣曾国藩在初期征剿太平军时非常不顺利，可以说是屡战屡败，甚至在安庆之役失败之后，一度投江而自戮。但他没有就此妥协，在给咸丰皇帝的奏折中写道：“臣屡战屡败，屡败屡战。”正是因为他对自己够狠，才把最后的胜利掌握在自己手中。曾国藩所奉行的“打掉牙，和血吞，有苦从不说，徐图自强”立世准则，就告诉了我们必须对自己狠一点。也正是靠着几十年如一日的狠劲，曾国藩才创造出不平凡的业绩，为后世所推崇膜拜。

哥伦比亚大学的几位教授在吃饭的时候突然想到，一个南瓜到底能够承受多大的压力。有一位教授说最多能承受 3000 磅的压力，另一位教授则说这根本不可能，于是他们决定做一个实验。这几位教授设计制造了一个南瓜外形的重达 3000 磅的铁皮套子，把这个铁皮套子套在了一个南瓜的外面。经过一段时间的生长，南瓜越来越大，最终将铁皮撑裂了。于是他们又做了一个重达 4000 磅的铁皮套子，结果还是一样，直到达到 5000 磅的时候两者才达到平衡。一磅等于 0.4536 千克，5000 磅等于 2268 千克。如果没有做这项实验，人们根本不会想到一个南瓜可以承受这么大的压力。

如果没有做这项实验，恐怕人们至今都不会相信南瓜可以承受这么大的压力。其实人也是一样，在面对压力的时候，人的潜能就会被激发出来，他自然也能够扛得住巨大的压力，完成很多本来不可能完成的事情。

很多时候，你不逼迫自己一下，都不知道自己到底有多强大。每个人都是有潜能的，所以，当面对压力时，要相信一切都能处理得好。人只有有压力才会有动力，一个人的成长，必须通过磨炼。有时候，必须对自己狠一次，否则永远也活不出自己。

第9章

有志者事竟成：有志始知蓬莱近，无为总觉咫尺远

何塞·黎萨尔说过："如果不献身给一个伟大的理想，生命就是毫无意义的。"当一个人有了崇高的志向时，他才有奋斗和拼搏的动力，他的生命才会变得富有意义和生机，一个没有志向的生命，就像行尸走肉一样。但是，要想让志向这颗种子开花结果，就要辛勤地浇灌它，这样它才能茁壮成长，最后长成一棵参天大树。

只有执着的追梦人才能实现梦想

小溪入海，虽九曲十八弯，却依然执着，因为它追求永恒；大雁南飞，虽历经崇山峻岭，也决不放弃，因为它追求温暖。梦想是人生不灭的灯塔，在茫茫大海上指引我们的航向。只有执着的追梦，才能抵达梦想的彼岸，只有拨起奋斗的琴弦，才能奏出生命的乐章。

梦想是什么？梦想就是人生所要追求的目标，就是明确地知道自己想要的是什么。梦想为我们指明了人生的方向。一个人不能没有梦想，没有梦想的人生也就没有了光彩。一个伟大的梦想，往往能造就一个高洁的灵魂。杜甫追求的是“安得广厦千万间，大庇天下寒士俱欢颜”，所以才有了“吾庐独破受冻死亦足”的满足与欣慰；苏轼追求的是“但愿人长久，千里共婵娟”，所以才会在仕途不顺的情况下依然保持“食芋饮水，著书以为乐”的精神寄托。

12 岁那年，周恩来离开家乡来到了东北，当时的东北正是帝国主义列强在华争夺的焦点地区。周恩来在沈阳下车后，前来接他的伯父就指着远处一片繁华、热闹的地方对他说：“没事可不要到那个地方去玩啊！”

“为什么？”初来东北的周恩来不解地问。

“那是外国租界地，惹出麻烦来可就糟了，没处说理去！”伯父说着摇了摇头。

“为什么没处说理呢？”年轻的周恩来打破砂锅问到底。

“为什么？中华不振啊！”伯父叹了口气。

虽然伯父没有再说什么，但那句“中华不振”却深深地刺激了周恩来那颗炽热的心。

不久，周恩来进了东关模范学校读书。在一次修身课上，校长向同学们提出一个问题：“你们究竟是为了什么而读书呢？”

有人站起来回答道：“为了明理而读书。”

“为了自己的父母、家人而读书。”

“为了能赚大钱而读书。”

“为了能做官而读书。”

校长微笑着听完了大家的发言，又点了周恩来的名字。

周恩来站起身来，大声地说道：“我为中华之崛起而读书！”

周恩来铿锵有力的话语博得了校长的大声喝彩：“好哇！为中华之崛起！有志者当效周生啊！”

那时的周恩来就已经认识到，中国人要想不受帝国主义欺凌，就要振兴中华，读书就要以此为目标。在之后的岁月里，周恩来确实如他早年读书所树立的志向那样，将“为中华之崛起”作为他一生追求的目标，照亮了自己今后的道路。

伟大的目标，是引导一个人走向成功的灯塔。正是因为树立了远大的目标，周恩来才能在艰苦卓绝的革命岁月中一直奋斗不息，并最终实现了自己的理想。

从远古时期开始，人类就一直在不停地追逐梦想，正是在这种树立目标、实现梦想的过程中，人类才一步步走到今天。在漫长的历史长河中，往往都是那些敢于去拥抱自己理想的人才取得了最后的胜利。

海伦在没有认识汽车的时候就认识了船，她 11 岁的时候就已经是一个划船高手，她太迷恋那种驾一叶孤舟纵横于水上的感觉了。

海伦的父亲拉罕姆是一个优秀的弄潮儿，他的人生理想就是以最快的速度驾舟横渡大西洋。在海伦23岁那年，拉罕姆决定实施自己伟大的横渡计划，但他拒绝带着一心想与他同行的海伦上路，因为他担心吉凶莫测的大海会吞噬了心爱的女儿。就这样，拉罕姆只身登舟横渡大西洋。不久，一项新的吉尼斯世界纪录就在他手中诞生了。

海伦的梦想也在那一片辽阔的蔚蓝色海面上摇曳，但却一直未能如愿。随着时间的渐渐老去，海伦已经成了祖母。但是，岁月的流逝并没有浇灭她的梦想，海伦重新走向那条闲置已久的帆船。在能够携手的人相继辞世之后，她才顿然明白了——她的灵魂深处的焦躁只有自己的双手才可以安抚。

2000年8月，一个阳光灿烂的日子，89岁的海伦只身离开英格兰开始了她向往已久的大西洋之旅。

海伦在那一片蔚蓝色的海洋中仿佛看见了自己离别已久的父亲，沿着他当年的航道，追随着他当年的足迹，她跟过来了！在死神衣袂飘忽的大洋上，她没有给自己丝毫畏惧的机会，毕竟，与那生长了差不多整整一辈子的渴望相比，风浪显得太微不足道了。

海伦成功了，她以最年迈的老人身份驾舟横渡大西洋，刷新了一项世界纪录。

有了梦想，人就会有一股勇往直前的冲动，就能够取得意想不到的成就；假若没有梦想，人只能在空虚中度过。梦想是人生的翅膀，有了它的帮助，我们才能飞得更高更远；梦想是人生的灯塔，有了它的指引，我们才不会在前进的道路上迷失方向。

如果想要成功，那么首先给自己确立一个梦想吧，不管它看上去多么荒诞和可笑，只要你深信并且不断努力朝它靠近，那么终有一天会实现它。

既然选择了远方，便只顾风雨兼程

不要去想是否能够成功，既然选择了远方，便只顾风雨兼程；不要去想身后会不会袭来冷雨寒风，既然目标是地平线，留给世界的就只能是背影；不要去想未来的道路是平坦还是泥泞，既然决定去追逐梦想，一切都已在意料之中。

谁不曾梦想过仗剑走天涯，去看一看世界的繁华；谁不曾梦想过站在世界之巅，感受那份万众瞩目的荣耀。然而，随着人们年龄的增长，梦想却变得越来越小，我们的目标不再是远方，而成了眼下，整日浑浑噩噩、虚度光阴。你是否扪心自问过，这是自己想要的生活吗?

既然渴望成功，为什么不试着去捡起曾经的梦？在无所畏惧的青葱岁月里，你曾经紧紧拥抱过它们，尽管也曾一度被嘲笑，但那个双肩尚且稚嫩的你却能扛着它一路前行，为何现在又将它们丢弃了呢？明明已经变得强大了，却为何比年幼时的自己更恐惧失败，更恐惧这个世界?喜剧之王周星驰说过："做人没有梦想，和咸鱼有什么区别?"梦想应当是现实的指路灯，是激励我们前行的加油站，既然选择了追梦，就不要轻易放弃。

年轻的小提琴手谭盾背井离乡来到美国，追逐他的音乐梦想。初到美国时，为了解决生计问题，他就在街头拉小提琴赚钱。事实上，在街头卖艺也要争抢人流量大的好地盘才会赚到钱。一个幸运的机会，谭盾认识了一个黑人琴手，并与他一起争到一个最能赚钱的好地盘，那里的人流非常大。

虽然获得了不错的经济收益，但谭盾并没有忘记自己来美国的目的。他在赚了一些钱以后，就告别了黑人琴手，怀揣梦想进入了大学，将全部的精力投入到提升音乐素养和琴艺上。在大学里，他只打一些小零工维持生活所需，不像以前在街头拉琴卖艺一样能赚到很多钱，但他一直没有放弃自己的理想。

十年之后，谭盾有一次在街上碰到了昔日一起卖艺的黑人琴手，那位黑人琴手仍然在"最赚钱的地盘"拉琴，他跟以前一样陶醉于自己的琴艺，对于自己争到的好地盘感到得意。黑人琴手看见谭盾，高兴地招呼道："兄弟，很久没见啦，你现在在哪里拉琴啊？"谭盾回答了一个有名的音乐厅的名字。黑人琴手就说："那家音乐厅门前确实是个好地盘，你能抢到真是不错！"其实，黑人琴手不知道的是，如今的谭盾已是一位国际知名的音乐家，早就不在门口拉琴卖艺了。

谭盾的成功并非偶然，他没有在颠沛流离的漂泊生活中忘记自己的初衷，而是选择了朝着目标一路前行，最终实现了自己的理想。

古往今来，那些能成大事者都不是偶然的。在战场上，能指挥千军万马的将军，早先大多只是普通的士卒；在职场上，能呼风唤雨的精英，很多也做过小买卖，摆过地摊。只要有一颗坚定不移的心，梦想便不再遥不可及。

某医院同时来了两位病人，他们都感觉自己病得很严重。在等待化验结果期间，甲说，如果是癌，就利用剩下的时间去旅行，乙也如此表示。结果出来了，甲不幸被诊断为癌症，而乙却只是普通的炎症。甲留下了一张告别人生的计划表离开了医院，乙却住了下来。

甲为自己列了一份生命清单，上面列出了在这剩下的时间里想要完成的目标。在这生命的清单后面这样写道：我的一生有很多梦想，有的实现了，有的还没有实现。现在我的时间不多了，为了不遗憾地离开这个世界，我打算用生命的最后几年去完成剩下的目标。

于是，甲辞掉了公司的职务，动身去了拉萨和敦煌。第二年，他又以惊人的毅力通过了成人考试，成为北京大学中文系的一名学生。这期间，他登上过天安门城楼，去了内蒙古大草原，还在一户牧民家里住了一个星期。现在这位“病人”正在实现他出一本书的夙愿。

有一天，乙在报上看到甲写的一篇有关生命的散文，就打电话去问候曾经的病友。甲在电话中激动地说：“要不是这场病，我简直无法想象我的生命该是多么的糟糕，是它提醒了我去实现自己想去实现的梦想，我现在才体味到什么是真正的生命。你生活得也挺好吧？”乙没有回答，因为在医院时说的去拉萨和敦煌的事，他早已因患的不是癌症而放到脑后去了。

在这个世界上，其实我们每个人都患有一种“癌症”，那就是不可抗拒的死亡。然而，我们却没有像那位癌症患者一样列出一张生命清单，抛开一切去追逐梦想。我们或许能比他活的时间更久，但也正是这个量上的差别，使我们对生命的体验有了质的区别。哪一种活法更加精彩，还是由你自己去思考吧。

梦想是一块璞玉，刚开始的时候也许是一块石头，只有经历了痛苦的磨砺，当剖开的时候，才会发现其中的价值。渴望成功的人啊，赶快将梦想捡起来吧，好好珍惜，重新做一次满腔热血的人，为了心中的那个梦去拼搏，不要管别人怎么说，怎么看，你最辜负不起的，只有当年对你满怀期待的那个自己。

心有多大，你的世界就有多大

如果哥伦布当时没有绕地球一周的梦想，可能再过一个世纪美洲也不会被发现；如果凡·布劳恩没有将目光盯上遥远的月球，他就不会使人类完成了登月的梦想。心有多大，你的世界就有多大。一个人能取得多大的成就，很大程度上取决于他的志向。如果不能打碎心中的壁垒，即使给你一片大海，你也找不到自由的感觉。

没有目标的人生，就像无舵的航船，不知随风漂向何处。而勇于建立目标、敢于追逐梦想的人，才拥有行动的指南，这将使他拥有成功的可能和做事的动力。

一个人只有树立了“狠”目标，才有可能成功。古往今来，那些成功人士无不是树立了远大的理想，并付出常人难以想象的努力，最后才到达成功的彼岸。当我们得到一份稳定而清闲的工作时，当我们渐渐忘记了少年时的梦想时，我们要在心里告诉自己：是一直这样风平浪静地过下去，还是为了实现更远大的目标而放手一搏？无数事实证明，只有勇于突破现状的人才能成功，只有对自己“狠”一些的人才会笑到最后。

姜尚出身低微，但却满腹经纶、胸怀大志。他的前半生因未遇到正直的明主，所以一直都是蛰伏不出。直到听说西伯侯姬昌（即后来的周文王）尊贤纳士、广施仁政，年逾七旬的他才千里迢迢投奔西岐。但是来到西岐后，他不是迫不及待地前去毛遂自荐，而是来到渭水北岸的磻溪住了下来。此后，他每日垂钓于渭水之上，等待圣明君主的到来。

姜尚的钓法奇特，短干长线，线系直钩，不用诱饵之食，钓竿也不垂到水里，离水面有三尺高。一个叫武吉的樵夫，看到姜尚不挂鱼饵的直鱼钩，嘲讽道："像你这样钓鱼，就是一百年，也钓不到一条鱼。"姜尚说："曲中取鱼不是大丈夫所为，我宁愿在直中取，而不向曲中求。我的鱼钩不是为了钓鱼，而是要钓王与侯。"

后来，他果然钓到了周文王姬昌。姬昌兴周伐纣迫切需要人才，得知年已古稀的姜尚很有才干，他斋食三日，沐浴整衣，抬着聘礼，亲自前往磻溪拜访，并拜姜尚为相。姜尚辅佐文王，兴邦立国，帮助姬昌之子周武王姬发，灭掉了商朝。自己也被武王封于齐地，实现了建功立业的愿望。

心有多大，你的世界就有多大。红顶商人胡雪岩曾说过："做事一定要看大局，你的眼光看得到一省，就能做下一省的生意；看得到一国，就能做下一国的生意；看得到国外，就能做下国外的生意；看得到天下，就能做天下的生意。"

人生的志向有远有近，人生的境界有高有低。其实，人的一生就是一个追逐的过程，假如你有向往、有志向，你就会去追逐想要的结果，同时志向也激励你前进，成为你追逐理想的动力，这样你就能不断地靠近成功，最终达到理想的彼岸。

三国时天下纷乱，群雄并起，逐鹿中原。当初有实力的是：曹操、刘备、孙权、袁绍、刘表。我们再来看看他们的志向：

曹操的志向是：一统天下，坐领江山。他认为"胸怀大志，腹有良谋，有包藏宇宙之机，吞吐天地之志"者堪称英雄，而自己便是英雄。

刘备的志向是：上报国家，下安黎民。他在三顾茅庐时对诸葛亮说："汉室倾颓，奸臣窃命，备不量力，欲伸大义于天下。"志向比曹操略差些，但也算得上盖世英雄。

孙权的目标是：承父兄基业，守住江东，伺机夺取天下。在位期间，国力强盛，人民富庶，足与魏、蜀鼎立。

反观河北袁绍就差多了。他本身出自四世三公，起点高，名声大，拥数十万之众，谋臣无数，战将如云，也曾有兴汉灭贼之志，但徒有虚名，属“干大事而惜身，见小利而忘命”之辈，被称为“羊质虎皮”“凤毛鸡胆”，为后世唾笑。还有刘表，领荆襄之地，地沃利广，豪杰众多，但胸无大志，目光短浅，甘为井底之蛙，本有进取中原的绝好机遇，但他却以“吾坐据九郡足矣，岂可别图”而自足。

这其中，以曹操的志向最高远，心最大，当然是曹操建功最多。正如史官赞诗所言：“曹公原有高光志，赢得山河付子孙。”

有位外国学者说过：“远大的志向能切实地保持，就可成就高尚的事业。”的确，一个人之所以成功，是因为他有想要成功的欲望。若想取得成功，就要想别人不敢想，做别人不敢做的事情。伟大的志向会使人们不拘泥于眼前得失，不受到太多的限制，专心地去追寻伟大的成功。

古今中外，无数仁人志士正是因为找到了奋斗的目标和梦想，他们的人生才呈现出另一种成功的姿态，并且最终取得了胜利。只有树立了远大的理想，我们才具有前进的动力和源泉。只要我们勇于探索，只要我们敢于行动，我们的理想就一定能够实现。所以，早日树立远大的梦想吧，因为梦想是人生的翅膀，能帮你飞向成功的彼岸。无数事实证明，心有多大，世界就有多大。

有了志向，还要有切实可行的计划

西晋时期，士大夫崇尚清谈，坐而论道，提出了许多具有合理性的设想和建议。但是，由于缺乏切实可行的计划，许多好的主张最后只能成为士大夫们酒后茶余高谈阔论、附庸风雅的谈资，晋朝也在美好的空谈中迅速地灭亡。所以，光有远大的志向是不够的，还要有切实可行的实施计划作为支撑。

有人说："没有计划，就是正在计划失败。"做事如果没有计划，就很难获得最终的胜利。古往今来，成功人士都善于规划自己的人生，他们知道自己要达成哪些目标才能实现自己的追求，于是针对那些目标拟订了详细的计划。就像许多作家在创作作品的时候，会规定自己每天撰写多少字数，搜集多少资讯一样，把它详细列出来，并照着此计划进行，才能保质保量地完成目标。

因此，如果不想碌碌无为地过完这一生，除了要树立远大的志向之外，还要制订出切实可行的实施计划，然后狠下心来，严格要求自己按照计划执行。只有如此，才不会成为空谈理想的失败者，才能一路披荆斩棘迈向成功。

普林斯顿和法兰克从小就常在一起玩耍，由于家境贫寒，他们俩都立志要过上好日子，并一起制订了详细的谋生计划，准备去实现自己的梦想。

后来，法兰克退学后只身前往芝加哥求生。按照计划，他首先买了一只鞋刷，开始在繁华的芝加哥城的街头给人擦皮鞋；半年过去了，法兰克用他微薄的积蓄在街边租了一间小店卖雪糕，没想到生意出奇的好，于是法兰克就专门卖起了雪糕，人手不够时还请了帮工。

多年之后，法兰克的“天使冰王”雪糕已稳居美国市场的领导地位，拥有全美70%以上的市场占有率，在全球60多个国家中有超过4000多家专卖店。而他儿时的朋友普林斯顿，却早已不记得自己制订过计划这回事了，依旧在家乡过着贫困的生活。

本来是两人都立志要过上好日子，并且一起制订了计划，其中一个人时刻谨记着，并迅速行动了起来，一步步实现了自己的理想；而另一人却将自己的计划忘得一干二净，浑浑噩噩地过了一辈子。对计划的重视和执行情况，决定了两种不同的人生。

有梦想就要有计划，而有计划就要有执行，有了计划但不执行会严重影响人的斗志。比如在工作中，原本计划今天要完成五个任务，因为缺乏有效的执行，最终只完成了三个，其中也许还有一个没有做好。长此以往，就会积累很多挫败感，降低工作热情，也会失去上司的信任，对自己的职业前景带来负面的影响。

美国作家阿兰·拉金在《如何掌控你的时间与生活》一书中讲到：“一个人如果做事缺乏计划，靠遇事现打主意过日子，他的生活就只有‘混乱’二字，这也就等于计划着失败。相反，有些人却有效规划，进而成为了生活的主人。”所以，要想实现目标，就必须制订实现目标的有效计划，这是成功人士的共同选择。

理查斯·舒瓦普是伯利恒钢铁公司的总裁，这是一家拥有十几万员工的大型跨国公司。舒瓦普每天的工作像雪片一样应接不暇，他越来越感到力不从心，更为公司的低效率担忧。怎样才能改变这种不良状况呢？舒瓦普左思右想都一筹莫展，只好求助于效率专家艾维·李，希望对方可以给自己一套可以在单位时间内完成更多工作的方法。

艾维·李对舒瓦普说："没问题，我 10 分钟就可以教你一套至少可以提高 50% 工作效率的方法。如果你觉得方法确实管用的话，到时就给我寄一张支票，并填上一个你认为合适的数字。"究竟是什么方法让艾维·李如此有把握呢？其实很简单，他给出的方法是：让舒瓦普今晚需要做的事情是把明天要做的工作计划一下，按重要程度排序。最重要的排在首位，以此类推。早上一上班，马上做第一项工作，然后再做第二项、第三项……直到下班。

一周之后，舒瓦普填了一张 25000 美元的支票寄给了艾维·李。25000 美元？这是一笔不小的数额，很多人惊讶于这个数字。对此，舒瓦普解释说："是的，艾维·李确实已经教会了我提高工作效率的秘诀，我这一周做了原来两周才能完成的工作，我认为这 25000 美元是经营公司多年来最有价值的一笔投资。"

舒瓦普的经历告诉我们，做好计划对于实现目标具有很大帮助。的确，每个人都在向目标方向努力，但效率却有高有低。区别就在于是否对目标进行了有效规划，根据预定规划考虑该采取什么样的措施，以便不断监督、提醒、鞭策自己，如此才能事半功倍。

需要指出的是，规划都是建立在量化的基础上，大的规划确定了之后，阶段性的计划要量化，而且必须是具体的、切实可行的。如果制定的目标很大的话，你有可能会被吓倒。所以要学会将大目标转到小目标，一层层分解，然后一个个去实现。每实现一个小目标，内心就有一种成就感，自信心也会大增，这种成就感也会进一步增强你的自律能力。只要一步步走下去，最终你会实现那个遥不可及的"大目标"。

只有目标专一，才有可能成功

狮子捕猎时，为什么不去追捕擦身而过的斑马，而非要追一个既定的目标呢？因为它们明白一个道理：只有目标专一，才有可能成功。只有紧盯着已经选中的斑马，付出自己最大的努力，才有可能成功捕获。如果随意改换目标，最后肯定是什么也得不到。正是这种把一件事做到极致的狠劲，才让狮子成为了非洲草原上的王者。

每个人都在追求成功，但并不是每个人都能取得成功。这是什么原因呢？其实答案很简单：人的目标不在于多少，而在于是否专一。古人说过，“有志者立长志，无志者常立志。”成功人士总是坚定不移地向着一个目标努力，而失败者总是在变换目标，甚至根本没有目标。

无数事实证明，要想做成一件事，必须有明确的目标才行。如果目标太杂，就会分散我们的注意力，降低我们的效率。在这个世界上，值得追求的东西太多了，但每个人的精力都是有限的，能办成的事毕竟很少。如果什么都想要，精力分散，最后往往什么也得不到。

一位父亲带着三个儿子去草原上打猎，他们准备猎杀一些野兔。

在到达目的地后，父亲向三个儿子提出了一个问题：“你们在这里看到了什么呢？”

老大兴奋地回答说：“我看到了一望无际的大草原，远处连绵不绝的山脉，和在草原上奔跑的各种动物。”

父亲摇摇头说：“不对。”

老二的回答是："我看到了爸爸、大哥、弟弟、猎枪、野兔，还有蓝天、白云和飞鸟。

父亲又摇摇头说："不对。"

而老三的回答只有一句话："我只看到了野兔。"

父亲这才高兴地说："你答对了。"

既然准备猎杀野兔，就不要过于留恋周围的风景，专注于要做的事情，你才能获得成功。明确目标可以为我们的行动指明正确的方向，让我们在实现目标的道路上少走弯路。漫无目标或目标过多，都会阻碍我们前进。

实现梦想最重要的就是收住心，心无旁骛地做一件事情，拒绝朝三暮四。知道"水滴石穿"的故事吗？水本是世间至柔之物，但当水专注地一滴一滴打在石头上的时候，再坚硬的石头也会被砸出洞来。所以，坚持选定一个目标，然后全力追赶，你就有可能实现梦想。

20 世纪 80 年代，国内出现了一位非常著名的花鸟鱼虫画家。他在 16 岁的时候就举办了个人画展，他的作品还被选送到美国、法国等国展出，被世人称为"天才画家"，种种荣誉、掌声铺天盖地地向他涌来。

在一次个人画展上，有人走过来问他："你现在取得了这么大成就，是什么样的力量让你从众多画手中脱颖而出呢？"

画家微笑着说："其实一点都不难，在最开始的时候，我本来很难成为画家。当时，我非常希望自己能全面发展，我不仅喜欢画画，还喜欢游泳、打篮球等，但却什么也做不出成就。那段时间我心灰意冷，觉得前途渺茫，是我的老师改变了我。"

众人被勾起了兴趣，纷纷向他请教。画家解释道："老师找到我，拿出了一个漏斗和一捧玉米种子。他让我双手在漏斗下面接好，然后他一粒一粒地将种子放进漏斗，这样一来，反复十几次后，我手中便有了十几粒种子。然后，老师又抓起了满满一把玉米种子，全部放到了漏斗里。想不到的是，由于种子之间互相挤压，竟然没有一颗种子漏下来。”

听到这里，众人都露出茫然的表情，画家接着说：“老师是想告诉我，如果专注于一个目标，就能很快实现自己的志向，而如果人生目标太多，最后反而会什么也得不到。所以，我放弃了篮球等诸多爱好，全身心地投入到我最喜欢的画画事业中来，就这样一直努力着，直到取得了今天的成绩。”

有的人一辈子做了很多事，但是能让人记住的却一件也没有；有的人一辈子只做了一件事，却让人记忆犹新。画家的成功再一次为我们提供了有力的佐证：坚守一个目标，并保持自律，你就可能在某个领域有所作为。一个人要想成就大事，要做的就是抓住主要的目标，让所有的精力为主要目标服务，从而离所定的目标越来越近。

第10章

为爆发而隐忍：韬光养晦忍一时，厚积薄发浪滔天

当年毛遂向平原君自荐时说："吾乃囊中之锥，未曾露锋芒，今日得出囊中，方能脱颖而出。"做人要学会低调，如果锋芒毕露就有可能成为众矢之的，让自己陷入危险的境地。就像我们常说"是金子总会发光的"一样，不要担心自己的才华被埋没，要知道韬光养晦是为了囤积力量，最终的目的还是为了爆发的那一刻。

锋芒毕露不如韬光养晦

木秀于林，风必摧之；堆高于岸，流必湍之；行高于人，众必非之。愚者做事好大喜功，喜欢锋芒毕露，却常常因此成为众人针对的目标，让自己举步维艰；智者做事低调内敛，擅于韬光养晦，所以常常能避开人们的视线，悄无声息地到达成功的彼岸。

有些人不懂得做人的艺术，无论是工作还是生活，都处处碰壁，不是因为他们智商不高，相反，很多时候恰恰是因为他们过于聪明了。“聪明难，糊涂更难”，聪明是一种天分，然而聪明过头却往往会招来其他人的嫉恨，给自己带来不必要的损失，所谓“聪明反被聪明误”即是此理。所以，真正的聪明人应该学会装糊涂，这才是一种真正的人生大智慧。

寒光森森的锐器往往会使人感到威胁和震慑，所以人们往往对其敬而远之。同样，在人际交往中，锋芒毕露可以迅速博取人的眼球，让自己成为众人注目的焦点，但也会使人产生一种距离感，因为人从根本上讲都是趋弱去强的。所以，做人应该学会韬光养晦，否则就会在不知不觉中失去一些机会和朋友，就会延长到达成功的距离，而等到你明白这种道理的时候，往往已经时过境迁，悔之晚矣。

东汉末年，刘备投奔了曹操，却又害怕遭到曹操的谋害，就在后园辟出一块土地种菜，并亲自播种、浇灌、施肥。此举旨在表明，他似乎十分留恋昔日的农家之乐，不愿继续留意天下大事。

然而曹操没有忘记刘备，一天，刘备正在田里浇菜，曹操派人去请刘备，刘备只得入府见曹操。曹操一见刘备，劈头就说："你在家做的大好事！"刘备当时已经暗受衣带诏，以为事情败露，当即吓得面如土色。曹操接着说："玄德学圃不易。"刘备才放下心来。

二人对饮，酒至半酣，突然阴云密布，大雨将至。于是曹操指天为题，以龙的变化、升隐来暗指英雄的行为。这正指刘备的痛处，刘备就是担心曹操把他当作对手，就是怕曹操把他当作英雄。如果那样，别说刘备要实现自己的政治抱负，连人头都会不保。于是在曹操追问他天下英雄时，他假装糊涂，处处设防，甚至用一些其他人物来搪塞，比如袁绍、袁术、刘表等。以刘备的胸怀，这些碌碌无用之人，又怎么能入他的眼睛？而这些搪塞之语都被曹操寥寥简略的评价一一驳回，针针见血。

曹操是不是言过其实、过于自负了呢？从三国演义后面的情节来看，曹操的这番话充分体现了一个政治家的高瞻远瞩：袁术淮北称帝后，被曹操所破，带玺欲归其兄袁绍，被刘备截杀，落魄惊恐而亡，临死想喝蜜水都不能如意。袁绍空自兵强马壮，先自毁长城，拘田丰于狱中，关沮授于军营，驱许攸于阵前，终被曹操破于官渡，十余年内，其三子先后被曹操所灭。刘表枉称八俊，忧虑焦思而亡，而其子更不如他，后人写词如此道：刘景升儿子，若豚犬耳。而孙策空称江南小霸王，死在许贡三门生下。看这些所谓"英雄"的结局，就知道曹操的眼光是何等的超前。

曹操此时正想试探刘备，看他是否想称雄于世，于是说："夫英雄者，胸怀大志，腹有良谋，有包藏宇宙之机，吞吐天下之志者也。"刘备继续装傻，问："谁能当之？"曹操单刀直入地说："今天下英雄，惟使君与操耳！"刘备一听，吃了一惊，手中拿的筷子，也不知不觉地掉到地下。正巧此时雷声大作，刘备灵机一动，俯身从地下拾起筷子，说："一震之威，乃至于此。"曹操以为刘备是被雷声惊到了，见他如此胆小怯懦，也就不再怀疑他。刘备经过这样的掩饰，终于瞒过了曹操，躲过了一劫。

俗话说："枪打出头鸟，刀砍地头蛇。"凡能成就大事业者，无不深谙藏锋蓄志的龙蛇伸屈之道，所以君子藏器于身，待时而动，只有在关键时刻，才显出自己的大智大谋。

装糊涂不等于真糊涂，有很多外表看上去聪明得很，做事也很精明的人实际上是真糊涂，因为他已把自己的优劣长短暴露得一览无余。装糊涂的人实际上很多是极聪明的，尽管他们也许比那些公认的聪明者不知要高明多少倍，但他们深知不必要的锋芒毕露有害无益，因此也就深藏起自己，韬光养晦起来。所谓"大智若愚，大巧若拙"就是这个意思。

锋芒不露讲的就是一个"藏"字，仅这一个"藏"字，包含着无穷意味。"藏"的目的，是不让别人发现自己所有的长处，不引起别人的妒忌，更好地保护自身。要知道，在纷繁复杂的社会中，人际关系占着举足轻重的地位，只知显露，不知敛藏，不是真正的"狠"，懂得韬光养晦，待时而动，这才是真正的"狠"。所以"花宜半开，酒宜微醺"，低调做人，收敛起一些锋芒才是大智慧。

忍一时之气，消无妄之灾

忍一时风平浪静，退一步海阔天空。吴三桂逞一时之气，冲冠一怒为红颜，葬送了大明江山，留下了百世骂名；勾践忍下亡国之恨，甘心卑事夫差，待时而动，终于厚积薄发，完成了复国大业。智者都懂得这样一个道理：只有忍一时之气，才能消无妄之灾。

面对他人的责难，相信很多人都会感到十分愤慨，甚至忍无可忍，但是愤怒是毫无意义的，一时的冲动只会让自己受到更大的伤害。面对愤怒，我们应该对自己狠一点，学会控制自己的感情，把目光放长远些，不必计较眼前的得失。

屈辱的压力也会产生催人向上的动力，愤怒的泪水也会浇灌出成功之花。智者从不会被个人情绪冲昏头脑，而是会把现在的委屈和愤怒化为前进的动力，他们相信自己终有一天会迸发夺目的光彩。所以，无论你现在的处境多么委屈和难堪，都要懂得忍耐，这也是磨炼你坚强上进个性的第一步，更是你能成就大事的关键所在。

汉高祖刘邦是一个十分擅长隐忍的人，当年他虽然先入咸阳，项羽却不遵守“先入咸阳者为王”的誓言，在咸阳郊外大摆鸿门宴，想要在宴会上将刘邦杀害。面对这种不公正待遇，刘邦忍气吞声，因为他必须先留下自己的性命。

后来，刘邦被项羽围困在荥阳，日夜盼望韩信前来增援，但刚刚平定齐地的韩信却趁机向刘邦要求封他为代理齐王。刘邦非常生气，但转念一想，此时处境不妙，不如忍下这口气，让他前来救驾。于是大方地封韩信做了齐王，韩信这才率兵前来助阵。

韩信的部队与刘邦会师后，在垓下之战中将项羽逼入了四面楚歌的境地，项羽无颜面见江东父老，只好在乌江之畔自刎。

凭借超乎常人的隐忍，刘邦最终完成了统一大业。

忍得一时之气，才能消除无妄之灾，刘邦正是因为克己忍让，才让自己一次次化险为夷。俗话说："冲动是魔鬼"，如果我们不能压抑心中的蠢蠢欲动的魔鬼，到头来受伤的还是自己。比如三国时期的刘备，他在成大业之前是个善于忍让的人，曹操青梅煮酒论英雄，尽管言辞咄咄逼人，但刘备仍能从容应对。但后来他听说关羽被杀后，悲愤冲动之下率军出征，誓要"踏平东吴"，结果被陆逊"火烧连营七百里"，只能仓皇逃往白帝城，最终忧郁而终。由此可见，感情用事的结果常常是彻底的失败，只有多一分隐忍，才有机会获得成功。

汉更始元年（公元23年），刘秀指挥昆阳之战，震动了王莽朝廷。然而，刘秀兄弟的才干也引起了更始皇帝刘玄的嫉妒。刘玄本是破落户子弟，投机参加了农民起义军，没有什么战功，自当上更始皇帝后，又整日饮酒作乐，不事朝政。刘玄怕刘秀兄弟夺取了他的皇位，便以"大司徒刘縯久有异心"的莫须有罪名，将立有战功的刘縯杀害了。

刘秀接到兄长刘縯被杀害的消息，几乎昏厥，但当着信使的面仍极力克制自己，说道："陛下至明，刘秀建功甚微，受奖有愧，刘縯罪有应得，诛之甚当。请奏陛下，如蒙不弃，刘秀愿尽犬马之劳。"转而，刘秀又对手下众将说："家兄不知天高地厚，命丧宛县，自作自受，我等当一心匡复汉室，拥戴更始皇帝，不得稍有二心。皇帝如此英明，汉室复兴有望了。"刘秀的这种虔诚态度，感动得众将纷纷泪下。

刘秀突然遭此打击，自然难以忍受，然而他心里清楚，刘玄既然杀了兄长，也难以容得下他刘秀。此后，刘秀对刘玄更加恭谨，绝口不提自己的战功。刘秀的行动，早已有人密报给刘玄。刘玄在放心的同时，觉得有些对不起刘秀，便封刘秀为破虏大将军，行大司马之事。并令刘秀持令到河北巡视州郡。刘秀借机发展自己的力量，定河北为立足之地。

更始三年初春，刘秀实力已壮，便公开与刘玄决裂。更始三年(公元 25 年)六月己未日，刘秀登基，为光武帝，建国号汉，史称东汉。此时，刘秀只有 32 岁，正是年轻气盛、成就大业的时候。以屈求伸，“忍小愤而就大谋”，终使刘秀化险为夷，创建了东汉王朝。

一般人得知兄长被杀的消息之后，必会大举义旗，反戈相向。但刘秀深知其中的利害，为求自保和图谋大计，他宁可向刘玄低头俯耳，先屈后伸，这不能不说是一种生存的智慧。

俗话说：“留得青山在，不怕没柴烧。”冲冠一怒固然痛快酣畅，但你要考虑自己是否有能力承受接下来的反噬。如果不能就暂且忍耐，待机而动。相信只要坚定信念，卧薪尝胆，机会一定会来临。

吃了眼前亏，未必不是好汉

隐忍不是懦弱，也不等于卑微。只有那些真正卑微的人，才会用张牙舞爪来粉饰自己，以此来填平他那自觉低人一等的心理鸿沟。所以，真正胸怀大志的人都是善于隐忍的，在他们眼里，吃了眼前亏也未必不是好汉，与其计较眼前的纷纷扰扰，不如选择克己忍让，厚积薄发，争取更加美好的将来。

古人言："行忍情性，然后能修。"我们立身处世如果不能做到隐忍，就无法让自己活得平和静怡。如果整天为一些琐事所困，当然无法专心干自己的大事。所以，不必为许多琐事斤斤计较，即使吃点亏，也要忍让克制一点，这样才能取得更大的成就。

克制忍让是明智做人的一个重要表现，有的人吃了一点亏就喜欢大声吵嚷，这是缺乏涵养的表现，虽然短时间内可能给自己挣回一些利益，但从长远来看，却往往让自己蒙受巨大的损失。遇事忍让一点，如果是你有理，则更显你的涵养高，对方才能知趣而退；如果是你无理，证明你可以清醒地认识到自己的错误，表明你是一个知书达理、具有自知之明的人，对方也不忍去伤害你。所以，无论遇到什么事，克制忍让一点，没有什么坏处。

很多时候，吃了眼前之亏也未必不是好汉，因为如果不肯吃眼下的亏，将来可能要吃更大的亏。好汉吃眼前亏的目的是为了留得青山，要以吃眼前亏来换取其他的利益，如果因为不吃眼前亏而蒙受巨大的损失或灾难，甚至把命都弄丢了，那还有什么意义呢？

汉朝的开国功臣韩信，出身寒微，很小的时候就失去了父母，和哥哥嫂嫂住在一起，靠吃剩饭剩菜过日子。他白天帮哥哥干活，晚上还要刻苦读书。他看到当时社会正处于改朝换代之际，于是专心研究兵法，练习武艺，相信会有自己的出头之日。

由于韩信平时总是一副落魄的样子，所以总是遭到周围人的歧视和冷遇。有一天，一个屠夫看到韩信身材高大却总是随身佩带宝剑，以为他胆子小，于是便带一伙人在大街上拦住他说："假如你不是胆小的人，那就来刺死我；不然，就从我的胯下爬过去。"

周围人都围了过来，等着看韩信出丑。韩信心中大怒，手握剑柄想一剑杀了他，可转念一想：杀了他固然可以解一时之恨，可接下来呢？自己肯定要吃官司坐牢，甚至会被处死。现在大业未成，可不能在这儿和他纠缠不清。于是，俯下身子从对方的胯下爬了过去。集市上的人都哄然大笑，认为韩信是没有勇气的人。

后来韩信当上了大将军，荣归故里找到那个屠夫。屠夫很是害怕，以为韩信要杀他报仇，没想到韩信却善待于屠夫，并封他为护军卫。韩信对屠夫说，没有当年的"胯下之辱"就没有今天的韩信。

韩信忍胯下之辱而图盖世功业，成为千秋佳话。假如他当初为争一时之气，一剑刺死羞辱他的屠夫，按法律处置，则无异于以盖世将才之命抵偿无知狂徒之身。韩信深明此理，宁愿忍辱负重，也不愿争一时的短长而毁弃自己长远的前程。大丈夫能忍天下之不能忍，故能为天下之不能为之事，这是韩信告诉我们的道理。

忍让不是屈服退缩，而是退让中另谋进取；忍让不是逆来顺受，而是委小屈求大全，一旦时机到了，他就能如同水底潜龙冲腾而起，一飞冲天，施展才干，建立不朽的功勋。所以说，好汉吃眼前亏是为了获得更长远的利益和达到更高的目标，那些看似威风八面的人其实只是有勇无谋的莽夫；而那些能忍一时之气、宁吃眼前之亏的人才是真正的好汉。

深藏不露的，都是狠角色

在自然界，蛰伏不动的毒蛇最是凶猛，因为它在蓄势待发，随时准备出击，毫不留情地斩杀猎物；而在人类社会，深藏不露的人往往是最狠的角色，因为他在韬光养晦，等待着厚积薄发的绝佳时机，一旦机会来临，这种人常常能掀起滔天巨浪。

在现实生活当中，当你所采取的行动处于被动、受制于人的时候，若想从根本上改变这种情况，变不利为有利，你就应当拿出自己看家的伪装本领，不动声色，继续保持哀兵弱者的姿态，甚至装出臣服的样子，暗中准备，然后利用对方的疏忽和得意，采取闪电式的反击。这时候，对手必将手足无措、无计可施。

魏文帝以后，太尉司马懿掌握兵权，势力日渐膨胀。曹氏宗族对司马懿戒备之心日重，矛盾日益暴露，大将军曹爽用明升暗降的手段剥夺了司马懿的兵权。

司马懿立过赫赫战功，如今却大权旁落，心中十分怨恨，但他看到曹爽现在势力强大，一时恐怕斗他不过。为了躲避曹氏宗族的锋芒，司马懿称病在家，多年不朝。当曹爽派亲信李胜去司马懿家探察病情时，司马懿装出一副病重的样子，头发散乱，躺在床上。李胜说："好久没来拜望，不知您病得这么严重。现在我被任命为荆州刺史，特来向您辞行。”司马懿故意说：“并州是要地，一定要抓好防务。”李胜说：“是荆州，不是并州。”司马懿还是装糊涂。这时，侍女来给他喂药，他吞得很艰难，汤水从口中流出。

李胜回去向曹爽做了汇报，打消了曹爽的疑问。不久，司马懿乘曹爽放弃戒备、外出祭祖的机会发动政变，等到曹爽闻讯回城，大势已去。司马懿以篡逆的罪名诛杀曹爽一家，曹魏政权实际上已是有名无实了。

对于当权者来说，越是深藏不露的人越是需要提防。司马懿伪装自己，博取了对手的信任甚至是同情，尔后突施冷箭，真可谓老谋深算，难怪连诸葛亮都将他视为平生劲敌。

安禄山也是一个深藏不露的狠角色，为了给谋反做准备，在长达十年的时间里，安禄山都故意装出一副痴直和笃忠的样子，赢得了唐玄宗百般信任。

公元 743 年，安禄山已任平卢节度使，入朝时玄宗常常接见他，并对他特别优待。安禄山竟乘机上奏说：“去年营州一带昆虫大嚼庄稼，臣即焚香祝天；我如果操心不正，事君不忠，愿使虫食臣心；否则请赶快把虫驱散。下臣祝告完毕，当即有大批大批的鸟儿从北飞下来，昆虫无不毙命。这件事说明只要为臣的效忠，老天必然保佑。应该把它写到史书上去。”这样的谎言，本来十分可笑，但由于安禄山善于逢迎，唐玄宗竟然信以为真，并更加认为他憨直诚笃。

安禄山是东北混血少数民族人，他常对玄宗说：“臣生长若戎，仰蒙皇恩，得极宠荣，自愧愚蠢，不足胜任，只有以身为国家死，聊报皇恩。”玄宗甚喜。有一次正好皇太子在场，玄宗与安禄山相见，安故意不拜，殿前太监大声呵斥道：“安禄山见殿下何故不拜！”安禄山假意惊叫道：“殿下何称？”玄宗微笑说：“殿下即皇太子。”安禄山又假装不明白似的问道："臣不识朝廷礼仪，皇太子又是什么官？"玄宗大笑说："朕百年后，当将帝位托付，故叫太子。"安禄山这才装作刚刚醒悟似的说："愚臣只知有陛下，不知有皇太子，罪该万死。"并向太子补拜，玄宗感其"朴诚"，大加赞美。

公元747年的一天，玄宗设宴，安禄山自请以胡旋舞呈献。玄宗见其大腹便便竟能作舞，笑着问："腹中有何东西，如此庞大？"安禄山随口答道："只有赤心。"玄宗更高兴，命他与贵妃兄妹结为异姓兄弟，安禄山竟厚着脸皮请求做杨贵妃的儿子。从此安禄山出入禁宫如同皇帝家里人一般，玄宗对他更加宠信，竟把天下一半的精兵交给他掌管。

安禄山的叛乱阴谋许多人都有察觉，一再向玄宗提出。但唐玄宗被安禄山"深藏不露"的假相所迷惑，将所有奏章看作是对安禄山的妒忌，对安禄山不仅不防，反而予以同情和怜惜，不断施以恩宠，让他由平卢节度使再兼范阳节度使等要职。由于唐玄宗对他已只有宠信毫不设防，安禄山的阴招得手，便紧接着采取突袭的办法，燃起了"安史之乱"的大火。他的战略部署是倾全力取道河北，直扑东西两京——长安和洛阳。

这样，安禄山虽然只有10余万兵力，不及唐军一半，但唐的猛将精兵皆聚于西北，对安禄山毫不防备。广大内地包括两京只有8万人，河南河北更是兵稀将寡，且和平已久，武备废弛，面对安禄山一路进兵，步骑精锐沿太行山东侧的河北平原进逼两京，自然是惊慌失措，毫无抵抗能力。因而，安禄山从北京启程到袭占洛阳只花了33天时间。

唐玄宗本是一代明君，唐朝在他的统治之下到达了鼎盛，但他晚年被深藏不露的安禄山所蒙蔽，导致了"安史之乱"的出现，这让后世很多人都唏嘘不已。

纵观古今，凡能建功立业者，无不深谙韬光养晦之道。刘备一向深藏不露，但吕布兵败被擒之后，他在曹操耳边一针见血的一句话，就让吕布落了个白门楼殒命的下场；康熙面对权臣鳌拜的威压，丝毫不露声色，还故意表现出沉迷嬉乐的样子，却在鳌拜放松警惕之后一举将他擒拿。表面上的碌碌无为，其实是为了给自己减少阻力，这才是干大事的人。

聪明人不会过早暴露实力

龙能大能小，能升能隐；大则兴云吐雾，小则隐介藏形；升则飞腾于宇宙之间，隐则潜伏于波涛之内。一个人要想成为翻云覆雨的云中之龙，首先要学会蛰伏和隐忍。真正的智者不会过早暴露实力，而让自己成为众人的靶子。只有学会韬光养晦，才能最终一飞冲天。

所谓真人不露相，露相非真人。有些人总希望让别人看到自己的长处，以至于处处显摆自己的能耐。他们不知道，这样轻易让自己暴露于众人面前，就等于树立了一个靶子让别人打，这样的做人方式是迟早要摔跟头的。

古语有云："木秀于林，风必摧之。"太过招摇了，不是什么好事情。俗话说的"人怕出名猪怕壮"也是这个道理！古代就有许多人深知隐藏实力的处世做事之道，楚庄王的"不鸣则已，一鸣惊人"的举动，正是具有了这种智慧而为。

春秋战国时期，楚庄王即位伊始，便受到朝中内外的瞩目，因为他的祖父和父亲两代国王都很有作为。楚国上下希望他能继承遗志，开疆拓土，使楚国更加强盛。而邻近的小国则是战战兢兢，危不自安，甚至连中原的大国秦、晋也都密切注意楚国的动向。

然而出人意料的是，楚庄王即位后，根本不理国政，每日不是在宫中听音乐，饮美酒，与妃妾们寻欢作乐，便是率领卫士于深山大泽打猎，一副标准的荒淫无度的国王形象。

楚国的大臣们自然不甘心楚国前两代国王奋斗的成果就此毁灭，纷纷入宫劝谏。楚庄王置之不理，我行我素。后来听得烦了，干脆在王宫外立一道牌子，上写：敢入谏者死。严令之下，楚国的大臣们大概觉得还是保命要紧，真的没人敢再劝谏了。

楚庄王日以继夜，荒淫不已，一连持续了三年。国王不理朝政，下面自然乱作一团：权臣们借机树党争权；谄谀小人们则逢迎拍马，捞取官职；贪官们更是浑水摸鱼，中饱私囊。楚国的政治一下子陷入了混乱无序的状态，而忠臣贤良只有扼腕叹息的份儿。

楚国的大夫伍举实在忍不住了。他决定入宫进谏，不过他也不愿意拿自己的头往刀刃上撞，于是想出了一个巧妙的方法。

他入宫见到楚王时，楚庄王正左搂郑姬，右拥越女，一边喝着美酒，一边听乐师们奏乐。见到伍举，楚庄王问道："大夫是想喝美酒，还是要听音乐？"

伍举笑道："臣既不想喝酒，也不想听音乐，而是听人们说大王智慧过人，所以想请大王猜个谜语。"

楚庄王知道伍举是要借机进谏，但既然伍举没明说，自己也不点破。伍举便说道："在楚国的一座高山上，停落一只大鸟，它羽毛五彩缤纷，异常华丽，可是三年来它既不鸣叫，也不飞走，臣实在不明白其中的原因。"

楚庄王沉思片刻，说道："这不是一只平凡的鸟，它三年不鸣，是在积蓄自己的力量；三年不飞，是等待看清方向。这只鸟不鸣则已，一鸣惊人；不飞则已，一飞冲天。你去吧。你的意思我都明白了。"

伍举听完楚庄王的解释后异常兴奋，他出宫后告诉自己的好友、同是楚国大夫的苏从："国王是很有头脑的人，他是在等待时机，而绝不是一个沉溺酒色的荒淫君主，看来楚国还是大有希望。"

几个月过去了，楚庄王不但没有丝毫改变，反而更加荒淫无度，苏从感到受了骗，他全无顾忌，舍身直闯王宫，直言进谏："您身为国王，不理国政，只知道享受声色犬马之乐，却不知道乐在眼前，忧在不远，不久就会民众叛于内，敌国攻于外，楚国离灭亡不远了。"

楚庄王勃然大怒，拔出长剑，指着苏从的鼻尖，厉声叱道："大夫不知道寡人的禁令吗？难道你不怕死吗？"

苏从凛然正色道："假如我的死能让君王悔悟，能让楚国富强，我的死就是值得的。"

楚庄王看了苏从半晌，忽然扔下长剑，双手抱住苏从，感慨道："我等的就是大夫这样忠于国家，不怕死的栋梁。"他挥手斥退歌男舞女，与苏从谈论起楚国的政务。苏从这才惊异地发现：国王对国家上下的了解比自己还要多。

楚庄王随后发布一系列政令，把那些权臣政客、谄谀小人、贪官和不称职的官员该杀的杀，该罢职的罢职，把那些包括伍举、苏从在内的忠于国家、有才能、刚直不阿的人提拔上来。一番洗涤振刷后，楚国的政治从贪浊混乱一下子变得清明而富有活力。

楚庄王待国内基础巩固后，不仅继续开疆拓土，平定了周围附属小国的叛乱，而且挺进中原，夺得了霸主地位，成为历史上著名的"春秋五霸"之一。

楚庄王即位时，楚国的情况表面上看来不错，但实际上却有隐忧。当时国内权臣夺利，小人充斥，群臣良莠不清，忠奸难辨。于是楚庄王就故意收敛住自己的锋芒，将真实的自己隐匿起来，装扮成一个荒淫君主的形象。这样不仅解除了周围国家对自己的戒心，更消除了群臣的顾忌，让他们尽情施展自己的手段，露出自己的庐山真面目。在苦等三年，摸清了所有的情况后，猝然施展霹雳手段，将楚国政治振刷一新，这才是真正的人生智慧。

将自己藏起来，并非是从此默默无闻，而是让自己在这种不被关注的情况下，去发现那些隐藏在表面现象之中的本质问题，然后再实行具体的措施，达到“一鸣惊人”的效果。老子说过“兵强则灭，木强则折”，其原因就是因为锋芒过露。智者不会过早地暴露自己的真正实力，明于内而憨于外，就会时时主动；否则的话，就会处处被动，事事受制。为人处世也是如此，不要让人过早地知道自己有多么强大，要懂得隐藏。做事之前，应当懂得将自己的才能、智慧隐藏起来，保持静默从而细心观察别人的动作，这样所有人的内外情形就都真实地展现在自己眼前，那么事业也就自然能成。

第11章

扬起希望风帆：莫道浮云能蔽日，严冬过尽绽春蕾

春天，是大雁南飞时心中的希望；秋收，是农民辛苦一年的希望；雨露，是干涸大地对天空的希望。希望是人的生命中一盏永恒的明灯，只要希望不灭，未来就在我们的掌控之中。在前进的道路上，不管我们遇到什么样的挫折和阻碍，不管面临怎样的困境和意外，我们都应该坦然面对，怀着希望的种子继续奋斗，相信成功就在前方等待着我们。

只要希望还在，生命就会愈发美丽

在人生的征途上，需要携带的东西数不胜数，其中有一样东西千万别遗忘，那就是希望。希望是宝贵的，它犹如孕育生命的种子，可以随处发芽。只要抱有希望，生命便不会枯竭；只要心存希望，生命就会愈发美丽；只要满怀希望，人生就能迎来雨后彩虹。

俗话说“车到山前必有路”，作为一个立志于成功的人，一定要记住这一点，世上根本没有绝望这回事，要学会对自己狠一点，只要心不死，就能找到希望的踪迹。当事情陷入僵局，你一定要相信风雨过后就是美丽的彩虹，只有经历过挫折，才能体会到生命的真谛。

人生可以失去很多东西，却绝不能失去希望。只要心存希望，总有奇迹发生，希望有时虽然渺茫，但它永远都不会消失。

美国作家欧·亨利在他的小说《最后一片叶子》里讲了这样一个故事：

在一间病房里，住着一个生命垂危的女病人，她从房间里看见窗外的一棵树，在秋风中树叶一片片地掉落下来。病人触景伤情地说：“当树叶全部掉光时，我也就要死了。”抱着这样的想法，她的身体每况愈下，一天不如一天。

当常春藤上只剩下最后一片叶子，病人也认为自己走到生命的尽头了。她对朋友说：“我听见风在刮，今天这片叶子就会掉下来，同时我也要去了。”

到了第二天早上，奇迹出现了，那最后一片叶子还没落下。接下来第三天、第四天……那片叶子一直倔强地挂在枝头，不肯落下来。

“奇迹”的出现使这个病人改变了生活态度，她的求生意志复苏了。在勇气和信心的支撑下，她坚持和病魔抗争，最后顺利脱离了危险。

那么，那片叶子真是老天留下的奇迹吗？当然不是。那是一名老画家冒着一夜的风雨，用彩笔画出了一片叶脉青翠的树叶挂在树枝上，正是这片叶子给了病人希望，唤起了她重新活下去的信念。

只因为生命中的这片绿叶，病人竟然奇迹般地活了下来。人生可以失去很多东西，却绝不能失去希望，只要把希望种在心里，即使是一粒最普通的种子，也能长成参天大树。

希望经常可以创造奇迹，它可以使很多匪夷所思的事情变成事实。只要心中存有希望，就能让一个病危的人重新焕发出生命的活力；相反，如果一个人丧失了希望，那他就会轻易被这个残酷的世界所击垮。

在一次追捕罪犯的行动中，有一位年轻的警察被歹徒用冲锋枪射中了左眼和右腿膝盖。三个月后，当这个警察从医院里出来时，整个人都完全变了样：一个曾经高大魁梧、双目炯炯有神的英俊小伙子，现在变成了一个又跛又瞎的残障人士。

鉴于他的功绩，纽约市政府和其他一些社会组织授予他许多勋章和锦旗。一位记者采访他时，问道：“你以后将如何面对自己所遭受到的厄运呢？”这位警察坚定地说：“我只知道歹徒现在还没有被抓获，我要亲手抓住他！”从那以后，他不顾别人的劝阻，毅然决然地参与到抓捕那个歹徒的行动中。他几乎跑遍了整个美国，甚至有一次为了一个微不足道的线索，独自一人乘飞机去了欧洲。

许多年后，那个歹徒终于被抓获了，那个年轻的警察在抓捕中起了非常关键的作用。在庆功会上，他再次成为了英雄，许多媒体报道了他的事迹，称赞他是最勇敢、最坚强的人。然而，令人意想不到的是，这之后不久他就在卧室里割腕自杀了。

从他的遗书中，人们读到了关于他自杀的原因：“这些年来，让我活下来的信念就是抓住凶手……现在，伤害我的凶手被判刑了，我的仇恨被化解，生存的信念也随之消失了。面对自己的伤残，我从来没有这样绝望过……”

为了抓捕凶手，他才有了生存的信念，但凶手被抓到之后，他却失去了活下去的希望。无论任何时候，人都不能失去希望，因为失去希望的人生是暗淡无光的，只有对未来满怀憧憬的人，才能真正领悟到生命的真谛。

古人说过：“山重水复疑无路，柳暗花明又一村。”漫漫人生路，难免会遇到荆棘和坎坷，但风雨过后一定会有美丽的彩虹。所以，任何时候你都不要丧失希望。要知道，失败不是生活的全部，挫折只是人生的插曲，只要你坚持努力，成功其实就在前面不远处。

即使遭逢大难，也可以从头再来

希望，生命中一盏不灭的明灯；希望，是把梦想变成现实的催化剂；希望，是盲人心中久违的光亮；希望，是旅行者头顶那颗耀眼的星斗。对于心中存有希望的人来说，世界上没有什么坎儿是过不去的，不论遭遇什么样的打击，他们都能重新振作起来，从头来过。

生活的每一个段落都交织着跌宕起伏，只有为了希望而活下去的人，才能被激发出巨大的激情，成为真正的胜利者。只要相信未来是美好的，就会对人生充满渴望，就会有不竭的动力，就会富有创造性，就会创造出新的奇迹。

有这样一个故事：有一座山里住着一位以砍柴为生的樵夫，毕生的目标就是靠自己的力量来建造一间纯木头的，能够遮风挡雨的房子，以至于他每天都得早出晚归地到山上砍木头。在他不断的辛苦建造下，终于完成了一间可以遮风挡雨的纯木头房子，樵夫高兴得一晚上没有睡着觉，他觉得自己是世界上最幸福的人了。

可是，这种幸福感并没有持续多久。有一天，他挑了两筐蘑菇到城里交货，当他黄昏回家时，发现他的房子不知道什么原因起火了，火势迅速蔓延开来。左邻右舍都前来帮忙救火，但是因为傍晚的风势过于猛烈，所以还是没有办法将火扑灭，一群人只能静待一旁，眼睁睁地看着炽烈的火焰吞噬了整栋木屋。

大火灭了，新盖的房子没有了，邻居非常同情地来安慰樵夫，希望他能振作起来。甚至还有人贴心地为他送来了毛巾，以为他一定会痛哭一场的。可是，樵夫并没有像周围人所想的那样伤心欲绝。只见这位樵夫手里拿了一根棍子，跑进倒塌的屋里不断地翻找着。围观的邻人以为他正在翻找着藏在屋里的珍贵宝物，所以也都好奇地在一旁注视着他的举动。

过了没多久，只见樵夫挥舞着棍子兴奋地叫着："我找到了！我找到了！"邻人纷纷走向前欲一探究竟，才发现樵夫手里捧着的是一把斧头，根本不是什么值钱的宝物。只见樵夫兴奋地将木棍与斧头装好，充满希望地说："只要有这柄斧头，我就可以再建造一个更坚固耐用的家了。"

房子被烧对于普通人来说无疑是颠覆人生的打击，但樵夫却能从一把斧子中看到希望，从而重新唤起生活的信心。所以，成功的人不是从未被击倒过的人，而是在被击倒后还能够满怀希望往成功之路不断迈进的人。

清顺治四年（1647 年）八月的一天夜里，一名小偷潜进了一名老秀才的家。不过，小偷很快就发现这是一个穷得叮当响的穷酸秀才，他的家里什么值钱的东西也找不到。小偷不甘心空手而归，就把秀才放在床头的那口箱子抱起，三步两步地逃得无影无踪了。然而，小偷盗走的并非金银，却是老秀才二十几年的心血——《国榷》的手稿。

当第二天老秀才醒来发现书稿被窃时，他仿佛整个世界都崩塌了。二十年辛酸就这么白白浪费了，老秀才老泪纵横，仰天长叹："噫！吾力殚矣！"

这个老秀才的名字叫谈迁，是一个家境清贫的普通百姓。他在明亡之后，怀着对故国的思念来收集补述崇祯、弘光两朝的史实，终于求得了先朝历史的完整。他在这部书上倾尽了自己的心血，前后修改了六次。如今却被人盗走，他能不伤心若狂吗?

如果他就此沉沦，那么他也就只是个倒霉的秀才罢了。所幸谈迁并没有被挫折击倒，他擦干了泪眼，说："吾手尚在，宁已乎！"。于是，老人家又从零开始。

他的年纪一大把了，生怕自己未能完成书稿就告别人世。为了抓紧时间，他不论酷暑严寒，也不顾年纪老迈，总是拄着一根拐杖步伐蹒跚地遍访各地藏书之家，恳求让他参阅一下有关书籍。皇天不负有心人，四年之后，他终于再一次完成了《国榷》的书稿。

在这个世界上，有阳光，就必定有乌云；有晴天，就必定有风雨。从乌云中解脱出来的阳光比从前更加灿烂，经历过风雨的天空才能绽放出美丽的彩虹。人们都希望自己的生活能够多一些快乐，少一些痛苦，多些顺利，少些挫折。可是命运却似乎总爱捉弄人、折磨人，总是给人以更多的失落、痛苦和挫折。此时，我们要知道，困境和挫折也不一定会是坏事。它可能使我们的思想更清醒、更深刻、更成熟、更完美。

即使看不到希望，也不要轻易绝望

两个人从监狱的铁栏里往外看，一个看见了烂泥，另一个看见了星星。心存希望，就能重新来过，即使遇到再大的打击，也不要轻易绝望。一味沉浸在昨天的阴影中的人，他的未来难免会暗淡无光；而把全部身心都投放在明天的希望的人，他的未来才会光彩夺目。

每个人对自己的未来之路都有着美丽的设想，但生活中总是有很多事情不能尽如人意，总让我们在窘迫的现实面前陷入深深的失落与迷惘。这时的你最需要的是一盏希望的明灯，引领你走出人生的阴影，迈向人生的辉煌。

陈建大学毕业一年多了，事业上遇到了一些麻烦，人际关系也不理想，处于人生的低谷。有一天，在回家的路上，他遇到了他上大学时的心理学教授。教授关心地询问他的近况。陈建就把自己毕业后所遭遇的一切，一五一十地倾诉了出来。

教授耐心地听完陈建的抱怨，点了点头，平静地说："看来你的状况似乎不很理想。不过，重要的是，你应该想一想如何改变这种现况，让自己的情绪好一点。"

陈建回答说："我当然想过，但好像没有找对方法，您有什么秘诀吗？"女教授神秘地笑了笑："的确有一点。你明天晚上有空的话，可以来母校，我们一起谈一谈。"

第二天晚上，陈建来到母校，与教授一起在校园里漫步。他们边走边谈。但教授一直没有告诉陈建想要的秘诀。陈建有些着急，催促着让教授告诉他如何才能使自己的心情转好。

教授没有直接回答，她停住了脚步，抬头望着天上的星星，微笑地问道："陈建，你能够数清天上有多少颗星星吗？"

"当然数不清了，这和我有什么关系？"陈建有些疑惑。

教授看着陈建，语重心长地说："你知道，在白天，我们所能看到最远的星体就是太阳；但在夜里，我们却可以看见超过太阳亿万倍距离以外的星体，而且不止一个，数量多到我们数不清。"

陈建抬头看了看天上的星星，低下头来若有所思。接着，教授继续说道："如果一个人年轻时就一帆风顺，终其一生，也只不过看到一个太阳而已。而当你的人生进入黑夜时，你是不是可以看到更远、更多的星星呢？"

顿时，陈建恍然大悟，感觉心里一下子敞亮了许多。从此以后，他不再为自己的境遇而苦恼，心情变得开朗起来，并且做事情越来越有激情。不久，他的事业就有了好转。

谁都不可能一辈子一帆风顺，总会遇到困难和挫折，有些时候，困难与挫折并不是坏事，它们可能是进入成功的阶梯。所以，无论遇到什么事都不要轻易绝望，只要换个心态，让自己重新振作起来，就能找到另一片广阔的天空。

在向着目标前进的过程中，谁都有过迷茫和彷徨。很多人因为看不到希望而选择了放弃，他们注定无法品尝胜利的果实；而有些人即使看不到希望，也坚信希望就在前方，他们坚持到了最后一刻，终于获得了胜利女神的垂青。

看不到希望，并不代表希望不存在，有时你只需要再努力一下，就能看到胜利的曙光。希望能使曾经犯错的人们浪子回头，重新做人；希望能使曾经堕落的人们摆脱过去，展望未来；希望能使曾经迷茫的人们清醒头脑，认清世界；希望能使曾经自卑的人们振奋精神，重放光芒。总之，只要心存希望，未来就有无数种可能，而且每一种都可以精彩万分。

只要心存希望，就能创造奇迹

人因为有了希望，才能在迷途中找到方向；人因为有了希望，才能在失败中找回信心；人因为有了希望，才能在绝境中找到生机。在现实中，无论我们遇到什么劫难，只要心中不绝望，就能激发人体的潜能，创造出生命的奇迹。

爱迪生说过："在困难面前，只有那些放弃的人才是真正的失败者。"无论在什么时候，只要事情还有一点实现的可能，我们就不能轻易放弃。

希望能让人产生十足的动力，对于人生的影响举足轻重。只要心中保留一份希望，我们就可以完成很多看起来不可能完成的事。只要坚信希望的存在，我们就能获得取之不尽的力量，从而克服许多难以想象的困难，有时甚至连死神都会望而退步。

华尔街某财团的总裁曾经在接受《纽约时报》记者采访时讲述过这样一则故事。

在一次海难事件中，八名幸存者挤在同一只救生艇上，其中六名是这艘船的水手，一名是船长，一名是搭载顺风船的年轻人。他们在海上漂荡到第四天的时候，所有的食物都吃完了，仅剩下半瓶矿泉水。每个人都死死地盯着那小半瓶矿泉水，都想立即把它喝下去。为了能够保证大家都存活下来，船长不得不拿着一杆长枪看着这半瓶矿泉水。

坐在船长对面的那个搭载顺风船的年轻人死死盯着那半瓶矿泉水，随时准备扑上去喝掉那仅剩的救命水。就在船长打盹的一瞬间，这个年轻人猛然扑上去，夺过矿泉水就要喝。被惊醒的船长拿起长枪，用枪管抵着年轻人的脑门命令道："放下，否则我开枪了！"

年轻人只好把水放下。船长把枪管搭在矿泉水的瓶盖上，盯着坐在对面的年轻人，而年轻人仍然目不转睛地盯着那决定众人命运的半瓶水，双方就这样对峙着。

后来，船长实在顶不住，快要昏过去了。就在他要昏过去的一瞬间，他把枪扔到了年轻人的手里，并且说了一句："你好好看着吧！"

年轻人接到枪的时候，他先是一愣，接下来就明白是怎么回事了。接下来的两天里，他尽心尽力地看着那剩下的半瓶水，每隔一段时间，他都会往每人嘴里滴几滴水。到第六天他们获救时，那瓶救命的水居然还剩下一点点。

通过这次事件后，这位年轻人的生活也因此发生了很大的变化。他在自己的工作中总是能够坚持执行到最后，多年之后，曾经拼命去抢那半瓶矿泉水的年轻人已经成为华尔街某财团的总裁了。

正是年轻人接到枪的那一刻，他明白了心存希望的重要性。如果当时他把那半瓶矿泉水喝掉，那么其他七个人很快就会在绝望中死去，而自己的下场肯定也是一样。是船长把这半瓶水交在了他的手中，也把希望托付给了他，他不但没有喝掉那半瓶矿泉水，反而承担起了保护这仅有的半瓶矿泉水的责任，最终造就了生命的奇迹。

一个绝望的灵魂，能毁掉一具强悍的身体；而一个充满希望的灵魂，却常常能够激发人体潜能，让一个人作出他以前无法完成的壮举。

一名探险家跟自己的车队走散了，他一个人迷失在了沙漠戈壁之中。他的车很快没油了，正当他一筹莫展时，又遭遇了可怕的狼群。探险家知道，现在唯一的希望就是等到救援队的到来。于是，他就和这一群狼开始了一场惊心动魄的较量。

沙漠戈壁中食物短缺，狼群不可能轻易放弃已经到了嘴边的肥肉，它们围着探险家的车子团团转着圈儿，试图找到突破口。探险家本想用猎枪把狼群吓跑，但他每打死一只狼，其他的狼就一拥而上，将死掉的同伴啃得只剩一副骨头架子。

天渐渐地黑了下来，探险家前后共打死了近三十只狼，全被狼群给吃掉了，可是狼群不但不见减少，反而越聚越多。车窗外茫茫的夜幕中，周围是一片望不到边的绿莹莹的小星星在流动，那是狼群的眼睛。那一晚，探险家一夜都不敢合眼。他以为天亮了狼群就会自动散去，可到了第二天，狼群却丝毫没有要离开的意思。

就这样，狼群一直和探险家耗了半个月。探险家的食物和水早就消耗光了，饥饿和干渴煎熬着他，他不得不考虑打这些狼群的主意了。他把车窗玻璃摇下一条缝，一只大灰狼立刻扑了上来，他一枪将狼打死后赶紧拖进驾驶室，再迅速摇上车窗玻璃。他用匕首剖开狼的肚子，开始拼命地吮吸狼血，吞食狼肉。那种又腥又膻的滋味儿让他直想吐，但他硬是强迫自己往下咽。因为他相信，现在救援队一定在搜救他，他必须争取时间活下去。

终于，在探险家坚持了快一个月时，救援队找到了他。后来，当人们问他这么多天是凭着什么熬过来时，他只回答了四个字：永不绝望。

在人生的道路上，无论遭遇什么挫折，我们心中都要有一个信念：只要不绝望，就会有希望！英国浪漫主义诗人雪莱在《西风颂》中写道："如果冬天来了，春天还会远吗？"要知道，风雨之后就是蔚蓝的晴空，严冬过后就是美丽的春天，我们现在所遭遇的不幸，都是命运女神对我们的考验，只要心存希望，就能拥抱美好的明天。

在追梦的路上，不要轻易说放弃

埋在土里的种子，因为想要追逐光明，所以才能破土而出，拥抱阳光；藏在云里的太阳，因为想要恩泽万物，所以才能穿过云层，拥抱大地；陷在迷途里的人们，因为想要改变未来，所以才能走出绝境，拥抱明天。追梦的道路都不是一帆风顺的，但只要不轻易说放弃，每个人都有成功的可能。

古希腊哲学家苏格拉底曾被人贬为"让青年堕落的腐败者"；小时候的贝多芬被他的老师说成"绝不是个当作曲家的料"；牛顿小学时的成绩一团糟，曾被老师和同学称为"呆子"。试想一下，如果这些伟人当年因为别人的评价而陷入绝望，放弃了自己选择的道路，那他们那些举世瞩目的成就将从何而来呢？

希望是我们前行路上的一盏明灯，有了它作指引，我们才可以在黑暗中看到光明。如果一个人失去了希望，那么他也就失去了前进的动力。

瓦尔特·惠特曼出生在美国的一个海滨小村，由于生活穷困，只读了5年小学。10多岁时，他就辍学到了一家印刷厂做学徒。辛苦的工作，并没有消磨掉他对生活的感悟与美好的畅想，他疯狂地迷恋上了诗歌，梦想成为一名诗人，于是就不知疲倦地写着。

惠特曼省吃俭用，用积攒下的钱，自费出版了一本自己的诗集。那诗集的封面是绿色的，封底上还画了几株嫩草和几朵小花。虽然全书只有薄薄的95页，仅收录了12首诗和1篇序，但那已足以让他兴奋。他将几本样书捧回家，欣喜地交给家人看，可家里人都不看好，觉得他的诗没有任何意义，甚至不值得一读。

惠特曼想拿这些书出去卖，却难逢知音，一本都没卖掉。于是，他将自己辛苦所出的诗集全都拿出去送了人，但是却没有人愿意领情，甚至有几个著名的诗人或对他的书不予理睬或干脆将其投入火炉。

在一波波冷水朝自己泼过来时，惠特曼迷茫了，嘲笑和谩骂声几乎将他淹没，他开始怀疑自己根本就不是写诗的料。残酷的现实重重地将他击倒，几乎将他推到了绝望的边缘。然而，这时远方的一封来信给了他重新站起来的勇气。来信者就是当代最有名气的大诗人爱默生，爱默生在信中高度评价了他的诗作，称他的诗作有着创新的写法、不押韵的格式和新颖的思想内容。

爱默生真诚的夸奖和赞誉使惠特曼又重燃起心中创作的激情，从此他坚定了自己写诗的信念，并一直不停息地写下去。不久，他增订后的第二版诗集问世，诗集全文共有384页。之后，诗集不断增订，直到他去世时，诗集已经出到第9版，诗歌的总数也由最初的12首发展到近

400 首。

惠特曼的名字已震撼了世界，他成为具有世界声誉和世界意义的伟大诗人，他唯一的诗集《草叶集》也成了美国乃至人类诗歌史上的经典，他甚至被称为“现代美国诗歌之父”。

很多伟大的人物都是走过了荒沙大漠，才登上光辉的高峰。一个对生活充满希望的人，无论遇到多大的困难都会想办法克服，他们永远不会惧怕风浪，因为他们是勇敢的弄潮儿，正是生活中的风风雨雨才让他们体味到了人生的激情。

人生之路，总会遇到很多崎岖坎坷，但只要抛开绝望的念头，扬起希望的风帆，就能把一个又一个的困难踩在脚下。希望鞭策人们勇往直前，而不是止步不前；希望带领人们追求理想，而不是堕落沉沦。只要心怀希望，美好的未来就在前方等候着你。

第12章

拼搏扭转命运：人生能有几回搏，莫错年华空长叹

现在很多年轻人在家庭和学校过着舒适的生活，就像从温室中孵化出的鸡雏一样。但是，当他们一脚跨出学校的大门，迎接他们将是惊风骇浪的考验。这时有的人迷茫了，有的人退缩了，有的人甚至堕落沉沦……如果你就这样被残酷的现实所击倒，那么只能说明你是个弱者；只有强者才能在风雨中屹立不倒，并选择用顽强的拼搏来证明自己的价值。

努力拼一把，绝不向困难妥协

人生能有几回搏，莫让年华付水流。这句充满哲理的话无论对风华正茂的翩翩少年，还是对壮志未酬的垂暮老人而言都有着振奋人心的激励效果。意志坚决的人从不向困难妥协，对于他们来说，与其在安逸的温室中孤独终老，倒不如战死在追逐梦想的道路上。

人生的道路密布了荆棘与坎坷，只有努力拼搏才能领略成功的喜悦。也许有人会说，即使去拼搏，也不一定能成功。没错，功败垂成的例子也数不胜数，但如果你不去拼搏，就注定一生活在平庸之中了。

孟子说："生于忧患，死于安乐。"如果一个人习惯于安逸，懒得去拼搏，那么必将一事无成。"少壮不努力，老大徒伤悲"，不对自己狠一点，就无法获得成功的青睐。

19世纪80年代，改革开放刚刚开始，中国掀起了一股海外从商热潮。两个胸怀壮志的年轻人独辟蹊径，各自揣了自己的所有积蓄，分别来到了俄罗斯的哈巴罗夫斯克和共青城开饭店，但两人的境遇却都不容乐观。折腾了一年，到头来不仅没有赚钱，还赔了不少钱进去。

这时，在共青城开饭店的那个年轻人就有点儿泄气了，他想："如果照这样一直赔下去，早晚连本钱都砸在这里，还不如趁现在还没彻底完蛋，赶紧撤资回去东山再起，说不定还有机会。"于是，他就真的回国了。

而在哈巴罗夫斯克的那个年轻人却没有选择回去，他想：“饭店不挣钱，不是因为我经营的问题，而是现在这个国家的经济目前不太好，等局势稳定了，自然就能赚回来了。”于是，他选择留守俄罗斯，继续拼搏。

转眼十年时间过去了，两人的境遇发生了很大变化。当初回国的那个年轻人，后来一直转战在各个行业，结果最后不仅没能赚到一分钱，以前积攒的那点钱也都赔光了，最后只能靠打工维持生计。可是，留在哈巴罗夫斯克的那个年轻人却靠着顽强的拼搏精神将饭店打理得有声有色，他还将事业不断扩大，最后成为俄罗斯知名的华籍商人。

没有拼搏就没有胜利可言，要想成就一番事业，就要对自己狠一点，充分挖掘出自己的能力，让自己在追逐梦想的道路上一展身手。

其实，每个人的身体都蕴藏着惊人的潜能，只有拼搏才能将这种潜能激发出来。如果你连拼一把的心思都没有，那么就只能一辈子被失败的阴影所笼罩。成功来自拼搏，未来靠自己把握，只有相信自己的力量，勇敢地向前迈进，才能鱼跃龙门，创造奇迹。

1858 年，瑞典的一个富豪人家生下了一个女儿。然而不幸的是，这个孩子突然患了一种无法解释的瘫痪症，丧失了走路的能力，这成为一家人挥之不去的心理阴影。一次，这家人一起乘船去旅行。船长的太太很喜欢这个孩子，给她讲船长有一只天堂鸟，叫声十分悦耳动听。船长太太对这只鸟的描述深深地迷住了这个小女孩，她很想亲眼看一看。于是，保姆把她留在甲板上，自己去找船长。然而小女孩却耐不住等待，她央求服务生立即带她去看天堂鸟。那服务生不知道她不能行走，就伸手拉起她一道去看天堂鸟。奇迹发生了！因为过度地渴望，小女孩竟然咬牙站了起来，并一步步慢慢走向船长的房间。从此，她的病痊愈了。也许是由于有童年时忘我而战胜疾病的经历，长大后，她以忘我的拼搏精神投入到文学创作之中，后来成为第一位荣获诺贝尔文学奖的女性，她就是茜尔玛·拉格萝芙。

很多人在残酷的命运面前选择了妥协，他们失去了拼搏的勇气和信心，只能蜷缩在黑暗的角落，独自垂泪忧伤。其实命运不是由天定的，而是要靠自己去把握，不努力拼一把，谁知道未来会怎么样。

即使真的失去一双健全的腿，也是不可怕的，可怕的是失去了生活的信念和拼搏的动力。拼搏是一个人生命中最美的姿态，一个人活着，无论外界的环境多么恶劣，只要不怕挫折，顽强拼搏，那么所有的绝境和困苦都算不了什么。

三分天注定，七分靠打拼

有首歌唱得好："三分天注定，七分靠打拼，爱拼才会赢。"拼搏的过程虽然是辛苦的，但拼搏的结果却是振奋人心的。就像农民在田里耕作时挥汗如雨，但等到了收获的季节，就能体验到苦尽甘来的丰收喜悦。

拼搏精神是一个人成功的最主要因素，如果没有拼搏精神，即使是天才也很难有一番成就。那些害怕失败不去拼搏的人，也许他们一生平平安安，但他们只能庸庸碌碌走完一生，他们无法体会奋斗的快乐，不能理解生命存在的真正价值和意义。

一分耕耘，一分收获，只有勇于拼搏，才能收获辉煌。从古至今，那些功成名就的杰出人士无不有着一段刻骨铭心的拼搏经历。

1902 年，童第周出生在浙江省鄞县的一个小村子里。小时候，由于生活贫困，家里没钱供他进学校读书，所以他只能在家里边做些农活，边跟父亲学点文化。

童第周 17 岁那年，他在哥哥的帮助下，终于进入了宁波师范预科进行学习。但因为文化基础差，第一学期考试成绩下来，他的平均分没有及格。校方提出让他退学或降级，但童第周没有气馁。他向学校再三请求，想要继续念下去，学校才勉强答应让他试读半年。功夫不负有心人，他经过不断地努力，终于取得了好成绩。

后来，童第周考入了当时省内名望极高的宁波效实中学，成为三年级的一名插班生，可是他的成绩却是全班倒数第一。面对成绩单，童第周暗自垂泪，发誓要赶上去。

一天深夜，老师发现在昏黄的路灯下有个瘦小的身影在晃动，走过去一看，原来是童第周正在借着路灯演算习题。老师问他这么晚了怎么还不回寝室休息。童第周说他要抓紧时间把功课赶上去，他不能做倒数第一名。老师关心地劝他回去休息，可是就在老师走出不远后，童第周又回到路灯下继续学习。就这样，在期末考试中，童第周的各科平均成绩达到了 70 分，其中几何还得了满分，童第周的进步引起了全校的轰动。

在后来的不到一年时间里，童第周继续勤奋学习，用功不辍，到高中毕业时，他的学习成绩跃居全班第一，又一次震惊了学校。校长无限感慨地说："我当了多年校长，从来没有看到过进步这么快的学生！"

后来，童第周在回顾自己的中学生活时，曾感慨地说："在效实中学，我当过倒数第一，也当过正数第一。这两个‘第一’对我一生有很大影响。那件事使我知道自己并不比别人笨，别人能做到的，我经过努力也一定能做到。世上没有天才，天才是用勤奋换来的。”

那些在事业上取得辉煌成就的人，并不一定是天资最佳的人，而通常都是有毅力，肯下苦功的人。有些人遭遇了人生剧变，就开始埋怨上天待他不公，到处发泄自己的不满，却不知这样做更是在浪费生命。与其怨天尤人，不如奋力一搏，让这个世界见识你的狠劲儿。

张海迪 5 岁时因患脊髓病导致高位截瘫。在残酷的命运挑战面前，她没有沮丧和沉沦，以顽强的毅力和恒心与疾病作斗争，经受了严峻的考验，对人生充满了信心。她虽然没有机会走进校门，却发奋学习，学完了小学、中学全部课程，自学了大学英语、日语、德语，并攻读了大学和硕士研究生的课程。学针灸时，为了体验针感，她在自己身上反复练习扎针。短短的几年，她居然成了当地的一个年轻的“名医”，为群众无偿治疗达 1 万多人次。只要有人求医，她就热情接待。重病号不能行动，她就坐着轮椅，登门给病人扎针、送药。有一位姓耿的老大爷，因患脑血栓后遗症，6 年不能说话，并瘫痪了 3 年，一直没治好。张海迪一面在精神上鼓励耿大爷增强战胜疾病的信心，一面翻阅大量书籍，精心为耿大爷治疗。后来，耿大爷终于能说话了，也能走路了。张海迪身患高位截瘫，而她在病床上，用镜子反射来看书，最后以惊人的毅力学会了 4 国语言，并成功地翻译了 16 本海外著作。

没有顽强的拼搏精神，就没有张海迪的成功。这个世界也许真的存在不公平，虽然我们没有能力改变整个世界，但却可以努力去改变自己。不论昨天我们错过了多少，但未来还属于我们。少年得志的有之，但大器晚成的也大有人在。只求耕耘，莫问收获，只要你还在拼搏，生命就有其存在的价值。

放手一搏，挑战自己的极限

暴雨消逝之时，就会出现蔚蓝清澈的天空；冬雪融化之时，就会现出生机盎然的美景。人的生命里也会出现暴雨和寒冬，但这都是暂时的，只要你放开手脚，奋力一搏，努力去挑战自己的能力极限，挑战这个世界的艰难险阻，就能迎来更加光明的未来。

纵观历史，任何一个有成就的人都是为自己的事业倾注了一生的心血，拼搏精神伴随了他们的一生。人的一生，应当是充满朝气，富有激情的一生，每一个珍惜生命的人，应当让拼搏贯穿生命的始终，让奋发与进取成为人生的主旋律。

大约在一百年前，一个英国富家子弟跟随旅游团来到瑞士，准备跟随大人们一起攀登阿尔卑斯山。然而在山脚下，面对高耸入云的山峰和连绵不绝的山脉，大山雄伟的气势几乎震慑了这个少年，他吃惊的是，世界上还有这么高大的山峰，比他家后面的山峦高多了。

往日，这个少年爬他家后面的那座小山头还感觉吃力，再看眼前这座大山，他心里有些畏缩了。这时，有一位年迈的老人已经开始登山，他在一步一步地向上挪动，老人的步履明显迟缓，但却坚定，老人的举动使这个少年受到了鼓舞。

于是，这个少年也迈出了第一步。在爬山的过程中，每当他累得气喘吁吁产生放弃的念头时，他便抬头去望那位老人不停向上移动的身影。每当这个少年看到那个老人向上攀爬的身影时，他都会重新树立信心。

虽然，一次次地摔倒，他又一次次地爬了起来，他坚持到最后，终于成功登上了山顶。站在山顶俯瞰山下，他发觉一切都变得那么的渺小！登山的经历给他留下了难忘的印象，也使他明白了一个道理：无论做任何事情，只要坚持下去，总会有希望成功！

后来有一次，这个少年与几个小伙伴相约去划船、游泳，正当他们游得惬意的时候，湖面上突然刮起了一阵风，小船随风漂走了。没有船他们就无法上岸啊！这下可急坏了这群孩子，他们拼命地追赶小船，一直追了大约一公里，就在距离小船只有五十多米的地方，小伙伴们实在游不动了，其中有两个小伙伴干脆停下来，说什么也不往前游了。这时，这个少年也一样精疲力竭，他自言自语地说："难道今天真是我的命丧之日吗？不，绝不！只要我还有一口气，我就要奋战到底！阿尔卑斯山那么高大，不是曾经被我踩在了脚下吗？"

于是这个少年竭尽全身气力，坚持游到了小船边，他上船后调转了船头，救起了那些已经累得筋疲力尽的同伴们。这件事像那次登山一样，使这个少年更坚定了只要坚持拼搏奋斗就能赢得成功的信念。

这个富家少年就是温斯顿·丘吉尔。三十年后，他当上了英国首相。在第二次世界大战期间，当纳粹的铁蹄几乎踏遍了欧洲大陆的严峻时刻，丘吉尔表现出了临危不惧的精神，他领导英国人民奋勇抵抗，与世界正义力量一起战胜了法西斯，赢得了全世界人的尊敬。

没有挑战极限的决心毅力，就无法创造惊世骇俗的奇迹。其实，成功的“门”虽然看上去非常厚重，但却并不都是紧闭的，有可能只是虚掩着。如果你“推”开自己心中这扇虚掩之门，你就会发现，成功的目的地并不是原来想象的那么遥远。

在 1968 年墨西哥奥运会的百米赛道上，美国选手吉姆·海因斯撞线后，计时器立刻显示出了 9.95 的字样，全场欢声雷动。激动之余，海因斯摊开双手自言自语说了一句话，这一情景通过电视传遍了全世界。由于当时海因斯身边没有话筒，谁也不知道他到底说了什么。

在 1984 年洛杉矶奥运会前夕，一个叫戴维帕尔的记者在回放墨西哥奥运会的资料片时，再次看到海因斯当时说话的镜头。他想，这是人类第一次在百米赛道上突破 10 秒的极限，海因斯在看到纪录的瞬间，一定说了一句非同寻常的话。然而，这个令人注意的新闻点，竟被众多记者忽略了，实在是一大遗憾！随即，戴维帕尔决定去采访海因斯。

当记者提到 16 年前的往事时，海因斯想了想，笑着说：“我说，上帝呀，那扇门原来是虚掩着的！”谜底揭开后，海因斯又继续说：“自欧文斯 1936 年创下 10.03 秒的百米赛纪录后，医学界的权威们断言，人类的肌肉纤维所承载的运动极限不可能超过每秒 10 米。大家都相信这一说法，但我想，即使无法突破 10 米，我也应该跑出 10.01 米的成绩。于是，我每天都以最快的速度跑 50 公里。当我在墨西哥奥运会上看到自己创造了 9.95 的纪录后，我惊呆了！原来 10 秒的这扇门不是锁着的，而是虚掩着的，就像终点那根横着的绳子一样。”

飞机发明之前，许多大科学家都断言，飞机的发明是不可能的，结果飞机成为了人类最伟大的发明之一。在现实生活中，我们往往被太多的“不可能”束缚了手脚，不敢挑战自己的极限，放弃了拼搏努力，让自己与成功的距离越来越远。

不要给自己的人生留下遗憾

雄鹰一生都在搏击风雨，所以才成就了“天空之王”的荣誉；羚羊一生都在奋力狂奔，所以才成就了“草原精灵”的美称。人生能有几回搏，拼搏不是为了功名与利禄，只为在有限的生命中留下辉煌的足迹，让自己的人生不留任何遗憾。

苏联作家奥斯特洛夫斯基在《钢铁是怎样炼成的》一书中写道：“人最宝贵的是生命，生命对于每个人只有一次。人的一生应当这样度过：当回忆往事的时候，他不会因为虚度年华而悔恨，也不会因为碌碌无为而羞愧……”对于我们每个人来说，碌碌无为是一生，轰轰烈烈也是一生，你的行动决定了你的未来，只有保持拼搏奋斗，才能在人生画布上谱写出辉煌的篇章。

有一个男孩从小没有看见过海，他很想看一下大海到底是什么样的。有一天他得到一个机会，当他来到海边，那儿正笼罩着雾，天气又冷又湿。

“天啊，”他想，“我不喜欢海，很庆幸我不是水手，当一个水手太危险了。”

这时，他在海岸边遇见一个水手，他们交谈起来。

“你怎么会爱海呢？”这个男孩奇怪地问，“那儿弥漫着雾，又冷又湿。”

“海上不是经常都这么寒冷潮湿的，也不是天天都有雾，有时大海是很美丽的，但无论什么天气，我都爱海。”水手坚定地说。

“当一个水手不是很危险吗？”男孩问他。

“当一个人热爱他的工作时，他就不会再害怕什么危险，我们家的每一个人都爱海。”水手淡淡地回答他。

“你的父亲现在何处呢？”

“他死在海里。”

“你的祖父呢？”

“死在大西洋里。”

“既然如此，”这个男孩带着同情和惋惜的语气说，“如果我是你的话，就永远也不到海里去。”

“那你愿意告诉我你父亲现在在哪儿吗？”

“啊，他去年得重病，死在了床上。”

“你的祖父呢？”

“也是死在床上。”

“这样说来，如果我是你，”水手说，“我就永远也不到床上去了。”

在人的一生中，危险因素可以说是无处不在的，平时小心谨慎一些固然是好事，但如果为了避免危险，做起事来就畏首畏尾，不敢放手一搏，那无疑会给自己的人生留下遗憾。我们不能因为危险的存在就把自己封闭起来，这是懦夫的行为。只有勇于拼搏，不怕挫折，把人生道路上的每一次挑战都当作是锻炼自己的机会，才能让自己变得更强。

有一位小女孩对绘画很感兴趣，她最大的愿望就是能到法国学画，并盼望有一天能举办个人画展。但由于家庭经济因素的制约，这个愿望显得有些遥不可及。大学毕业后，她在工作之余经常练习绘画，并希望通过自己的双手存够留学的费用。

然而，周围人们的冷言冷语总是时刻伴随着她。“画家活着的时候不都是穷困潦倒吗？既然画画又赚不了什么钱，又何必大老远去学画呢？”“这么好的工作，多少人挤破头都进不来，也就你这个傻丫头居然还想着辞职。”“放弃稳定的工作去学画，真心太不值了。”时间久了，她的心志也渐渐动摇了，于是她放弃了出国。但她不愿就此放弃绘画，于是自我安慰地想：“不一定非要出国才能学画吧，就算不出国我也可以利用工作闲暇时间学画。”

理想虽然很美好，但现实却是残酷的。不久之后，她就组建了家庭，并诞下了一双儿女。忙碌的工作，再加上琐碎的家务，以及照顾父母儿女的责任，使得她拿起画笔的时间越来越少，甚至连她最珍爱的画具也被遗忘在杂物间的角落中。

这样一晃几十年过去了，她从稚嫩的小女孩变成了步伐蹒跚的老太太，然而去法国学画、举办画展这些没能实现的梦想，却成了她心中永远的遗憾。

是带着无尽的遗憾孤独终老，还是抛开所有束缚奋力一搏，这就要看你的选择了。英国哲学家约翰曾经说过：“理性的人应该有充分的果断和勇气，凡是应做的事，不能因里面有危险而退缩。”人生不过短短几十年，为什么要给自己留下遗憾呢？大不了放手一搏，也许你的人生会出现另一种风景。

带着一股狠劲儿，才能一拼到底

军人如果缺乏一拼到底的狠劲儿，就很难从残酷的战场上活着回来；运动员如果缺乏一拼到底的狠劲儿，就永远也触摸不到金光闪闪的奖杯。在人生的竞技场上也是如此，一个人只有带着一股狠劲儿，一拼到底，才能谱写出轰轰烈烈的光辉篇章。

一名企业家说过："畏惧错误，就是毁灭进步。"在困难和风险面前，与其选择退缩，让自己彻底落入败局，不如带着一股狠劲儿，放手一搏，这样胜负之数尚无定论，谁能笑到最后还要看谁的努力更多，拼劲更足。

1956 年，50 岁的哈默想做石油生意，于是他购买了西方石油公司。石油是当时最赚大钱的行业，但业内的竞争十分激烈，而初涉石油业的哈默要建立自己的石油王国，无疑面临着极大的风险和困难。

哈默首先需要解决的难题，就是油源问题。1960 年，石油产量占美国产量 58% 的得克萨斯州已被几家大石油公司垄断，哈默根本无法插手；而作为世界石油高产地的沙特阿拉伯，则是美国埃克森石油公司的天下，哈默也难以染指。这可怎么办呢？

后来，一位青年地质学家向哈默建议：旧金山以东一片被德士古石油公司放弃的地区，可能蕴藏着丰富的资源，他建议哈默把它租下来。哈默接受了这个建议，又千方百计地从各方面筹集到了一大笔钱，投入了这一冒险的投资。

虽然哈默知道，如果这一次失败了，他就完了，但他仍勇敢地去做了。当他的钻井到达860英尺深时，终于钻出了加利福尼亚州的第一大天然气田，估计价值在2亿美元以上。

哈默没有因为困难而裹足不前，反而是凭着自己的血性，狠心拼了一把，最终上天眷顾了他。所以，人人都可以成功，但要有拼搏的狠劲儿才行，尤其是看到有机会来到面前时，更要有做殊死一搏的心理准备，下狠心，出狠手，往往就能彻底改变自己的未来。

当你喝着可口可乐时，你可知道，这个巨大的饮料帝国的财富和影响力，乃是由一个年轻店员——阿萨·坎德勒冒险而来的。

许多年以前，一位年迈的乡下医师驾车来到美国某镇上。他拴好了马，便悄悄从药房的后门进入里面，开始与一位年轻的店员谈生意。

在配方柜台的后面，这位老医师与那位年轻店员低声谈了一个多小时，然后走了出去，到他的马车上取出一只老式的大壶及一把木质的板子（用来在壶里搅拌的），把它们放在药店后面。店员检查了大壶之后，便从自己的店里拿出全部积蓄。

那医师于是又递过一小卷纸，上面写的是一个秘密公式。这个小纸卷上的公式和文字，现在看来价值应高达当时一个皇帝的赎金，那里面记载着令人难以置信的财富。

老医师很高兴地把那一套物品卖了500美元，年轻店员则冒了很大的风险，他把毕生的储蓄都花在这一小卷纸和一只旧壶上了。

当年轻店员把一种新成分与秘密公式的配方混合以后，一个庞大的帝国逐渐形成了。它雇用了与陆军同样多的职员，影响波及世界各地，而这个帝国的所有人就是阿萨·坎德勒。

人生不过匆匆数十年，只有靠自己的双手努力拼搏，才能创造出最美好的人生。一个人在年轻时候的选择，对其一生而言往往是至关重要的。年轻时可以没有金钱，可以没有人脉，也可以没有背景，但却不能没有锐气，不能没有放手一搏的狠劲儿。再强大的信念，再坚定的梦想，在残酷的现实和生活重压面前，也总会有消磨殆尽的那一刻，如果不想徒留遗憾，唯有顶住压力与风险，痛痛快快地搏上一搏。

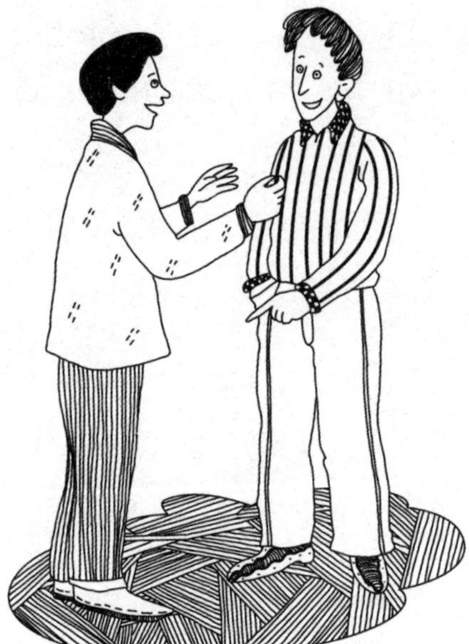

第13章

谁能与我争锋：战胜对手是王道，竞技场上显英豪

不管是在人类社会还是动物界，都存在着异常激烈的生存竞争，没有竞争就没有优胜劣汰，在竞争中对待敌人不能抱有心慈手软的想法，所以动物们练就的非凡本领，正是你死我活生存竞争的结果。人生就是这样一个残酷的竞技场，只有付出更多的努力，才能击败挡在你面前的竞争对手，夺取成功的桂冠。

只有比对手更快，才能生存下去

每天早上，一只非洲羚羊一醒来就知道自己必须跑得比狮子要快，否则就会被吃掉；每天早上，一只非洲狮子一醒来，它就知道自己必须跑得比羚羊要快，否则他就会饿死。这个世界就像是一个弱肉强食的狩猎场，无论你是羚羊还是狮子，当太阳升起的时候你就得开始奔跑，你只有比自己的竞争对手跑得更快，才能在这个世界生存下去。

古往今来，成王败寇都是亘古不变的生存法则，如果对对手同情，有可能给自己带来极大的伤害，甚至付出生命代价。一个人要想获得成功，成就一番事业，就必须心狠一点，只有让自己出手更快，才能有更大的概率击败对手，从而成为当之无愧的王者。

无论是生物界的你死我活，还是战场上的胜负成败，以及商场上的荣辱得失，其实都逃不出“弱肉强食”这一规律的约束。与对手之间的较量，往往就取决于一瞬间，只有抓住机遇，快速出手征服对手，才可能问鼎天下，否则就会惨遭滑铁卢。

其实，商业上的竞争有时丝毫不亚于战场上的较量，生意人必须在关键时刻心狠手硬，快速出手，这样才能像秋风扫落叶一样击败竞争对手，从而攫取高额利润。因此，面对竞争对手，必须“狠”字当头，“快”字为先。

俗话说：“先下手为强，后下手遭殃。”在向目标迈进的道路上，处处都有虎视眈眈的竞争对手。如果你拥有果断的性格，拥有胆识和魄力，懂得先下手抢占先机，那么你就可以给对手致命的一击，从而达到克敌制胜的目的。

唐高祖李渊称帝建立大唐，立长子李建成为太子，但战功最多也最有谋略的，要数次子李世民。李世民曾在剿灭窦建德、王世充等地方割据势力的过程中立下了汗马功劳，其麾下更是聚集了一批文臣武将，在军政各界享有很高的威望。因此，太子李建成一直都把李世民视为心腹大患，无时无刻不想着除掉李世民。

就当时的形势来看，李建成继任皇位还是比较有优势的。首先李建成是太子，是长子，名正且言顺，继承皇位是理所当然的事，社会舆论也多在他这一边；其次李建成有李渊的支持，在权力和名义上有可靠的保障。但李建成还是不放心，总是想方设法针对李世民。当北方的突厥南下侵犯河套地区时，李渊命四儿子李元吉带兵出征，大儿子李建成趁此机会，将李世民手下的精锐部队调至随军作战，其目的在于削弱李世民的实力。

对大哥李建成的一举一动，李世民都了然于胸，并且早就与手下的谋臣商议好了对策，最后更是接受了长孙无忌的建议，决定先发制人，对李建成下狠手。李建成一心想除掉李世民，未曾想到李世民早有应对之策。当李世民经过周密部署，把守卫玄武门的官员换成自己的心腹时，李建成和李元吉却毫无所知。

经过周密策划，李世民在玄武门提前设下埋伏，意图一举除掉对手。第二天，太子和齐王来到临湖殿前，忽然发现殿角有埋伏的士兵，感觉有变，立即警觉起来。太子扯了一下齐王的衣袖，飞奔下殿，上马往玄武门逃跑。这时，伏兵尽起，李世民张弓搭箭，射死了太子李建成，尉迟恭射杀了齐王李元吉。其余太子和齐王的卫士也被尽数消灭。

李渊得知此事之后，虽然异常震惊，但也只好接受现实，下令册封李世民为太子。后来，唐王朝在太宗李世民的治理下，出现了空前的盛世。

在与对手的博弈中，一定要学会洞察对手的心理，从而做好充分的应对策略，必要的时候要抢先出手，将危机扼杀在摇篮之中。李世民正是因为洞悉先机，先发制人，才能反戈一击，转危为安。尽管杀兄是不义之举，但是在险恶的皇权之争中就是这么残酷，我不消灭你，就只能等着被你消灭。在这种情况下，唯有强势出击，先发制人，才能保全自己。

丛林法则面前，如果你不先发制人，别人就会把你吃掉。成王败寇是成功的铁律，只要你成功了，没人会在意你用的是什么手段，也没人会记得你面对对手有多残忍。人们常说：对敌人仁慈，就是对自己的残忍。与对手搏击，绝不能心慈手软，慢慢吞吞，即使你现在还没有和对手一较高下的打算，也要时刻记着，或许你的竞争对手正在对你磨刀霍霍。

机会总是留给有准备的人

姜太公磻溪垂钓数十载，才迎来求贤若渴的文王，后辅佐武王颠覆了腐朽的殷商王朝；诸葛亮高卧隆中数十载，方换来刘备的“三顾茅庐”，进而辅佐刘备建立了汉蜀江山。姜太公的成就难道是因为与文王的偶然相遇吗？诸葛亮的成功难道只是因为刘备的偶然听闻吗？非也，机会总是留给有准备的人，他们在机遇到来之前就早做好了把握机遇的准备。

当今社会，有人的地方就有竞争。面对无处不在的竞争，最好的结果当然是双赢，但事实上，只要涉及实实在在的利益，真正的双赢局面是极其难求的，大多数情况下，是输和赢、胜和败的单项选择题。强悍的人无惧竞争，赢和胜就是他们的使命，在竞争面前，该狠的时候就要狠一点，毕竟，克敌制胜才是事业竞技场上的王道。

每个人都渴望成功，但真正功成名就的人却始终是少数。很多时候，机会对每个人来说都是平等的，那些杰出人士之所以能够从激烈的竞争中脱颖而出，是因为他们总是有备而来，相比其他人来说，他们对机会的把握能力更强，所以更容易成功。

陈安之的名字，相信绝大多数人都不陌生，他现在已经是华人圈最优秀的潜能培训大师。但当年他初到美国时，还只是一个游荡街头的普通小贩。大街上的像他那样的人何其众多，究竟是什么力量让他从一个不知名的小贩一跃成为著名的成功大师呢？

那时候，陈安之每天的工作就是挨家挨户地去敲门，只是为了把手中的菜推销出去，日子过得非常辛苦。尽管生活在社会的最底层，但陈安之却有一颗对成功无比狂热的心，他不愿意样一辈子毫无作为。为此，他开始为改变自己的处境而努力，时刻准备着把握机会。

这样过了一段时间，陈安之遇到了自己生命中的贵人——世界著名潜能培训大师安东尼·罗宾。当时安东尼正在招聘课程推销员，陈安之经过充分的准备后决定前去应聘。最后，他成功击败了599名竞争者，顺利成为安东尼·罗宾的弟子。

实际上负责招聘的主考官在面试时只提出了一个问题："你想成功吗？"其他599个人的回答都是"我想成功"，唯有陈安之早有准备地回答"我不是想成功，我是一定要成功！"因为他提前做足了功课，当听到这个问题就立即领悟了考官的意图。这样，陈安之不仅被安东尼成功聘用，还为最后成为华人圈最优秀的潜能培训大师铺平了道路。

在同样的机遇面前，对成功有着强烈渴望并且有备而来的陈安之将它牢牢地把握住了。这个故事告诉我们，一个没有足够强烈成功欲望的人注定会一辈子庸庸碌碌；一个不善于把握机遇的人注定会在竞争中落入败局。

机会总是留给有准备的人的，要想在竞争中掌握先机，克敌制胜，就要做个时刻有准备的人。如果没有准备，做什么事儿都抱着"临时抱佛脚"的念头，那即使机会来临，也会因为仓促应对而出现岔子。

华为是我国著名的网络设备生产商。有一次，华为企业受一家国外运营商的邀请，去国外建立自己的3G实验室，同时受邀的还有一家比他们实力更强的公司。虽然华为非常希望拿下这个潜力巨大的市场，但他们被排在别人的后面。更糟糕的是，这家运营商对华为的实力存在质疑，因此不但没有给华为的员工提供核心网机房，就连内部的传输网也不让他们使用，这给华为员工的工作带来了严重的影响。

面对重重困难，华为的员工并没有灰心绝望，他们一直想办法贯彻公司高层的指示："拿下这个客户。"因此，他们积极地寻找能够取得运营商信任的方法。幸运的是，前面那家公司的技术人员在一次业务的演示中出现了一些差错，这引起了运营商的不满。为了保险起见，运营商决定给华为一次上台演示的机会。

华为的员工非常珍惜这得来不易的机会，他们一丝不苟地投入到了工作中，最后完美地展示了他们的 3G 业务，获得了运营商的认可，运营商决定选择华为的设备为主用产品。

本来华为和他的竞争对手相比并无优势，他们同样都想要拿下这个客户，但成功与失败就决定于是否准备充分。华为的竞争对手虽然占尽先机，但是因为准备不够充分，导致最后的演示没能落实到位，所以白白丢掉了这次机会；而有备而来的华为却紧紧抓住了这个机会，将自己的业务展示得淋漓尽致，最后赢得了胜利。

以其人之道，还治其人之身

在小说《天龙八部》中，姑苏慕容家有一种神奇的武功叫“斗转星移”，不论对方施出何种功夫来，都能将之转移到对方自身。斗转星移的武功精要是“以其人之道，还治其人之身”，就是用对手赖以成名的招式打击对手，让对手在震惊之余惨败收场。

在现实中，击败竞争对手的方法有很多，但有一种方法却总是能让对手感到措手不及，就是用对手的方法去打击对手，这种方法总能收到奇效。

与对手势均力敌固然会拼杀得非常激烈，但在现实中更多的情况下总是一方的力量大于另一方，要么是敌强我弱，要么是我强敌弱。如果恰巧碰到敌强我弱的情况，硬拼是很不明智的做法，这时候最好能将计就计，先佯顺其意，再以其人之道还治其人之身，用对手的方法狠狠打击对手。

公元前506年冬，吴军在孙武、伍子胥等指挥下，千里迂回，从楚国防御薄弱的北部边境深入楚地。吴军进至大别山一带时，先派先锋夫概出兵挑战，击溃了迎战的楚军。此时，孙武分析楚军主帅子常有侥幸取胜的心理，判断其必定在夜间前来劫营。于是，将计就计预先做了部署。果然，楚军想乘吴军立足未稳，夜袭吴军大营，这正好中了孙武的圈套。经过一场激战，不仅偷袭吴营的楚军被击溃，而且楚军大本营也被伍子胥、夫概等事先安排的兵将所劫。

当双方在剑拔弩张的时候，有时不需要正面硬碰硬，只要洞悉了对方的策略，就可以将计就计，以其人之道，还治其人之身，把对手杀个措手不及。

将计就计不仅在军事上被广泛运用，在政治斗争中，也是一条重要的应变之术。

公元 201 年，曹操掌权不久，急需人才，便召司马懿出来做官。司马懿看出汉朝已国运衰微，朝权已落入曹操之手。他是大士族的后裔，而曹操乃宦官的后代，他不愿屈节事曹。于是，他以患风病不能起居为由，拒绝应召。曹操马上怀疑司马懿是借口推辞，对己不敬。为此，曹操派人扮作刺客前去查验。一天深夜，刺客悄悄潜入司马懿的卧室，暗中观察，见司马懿果然直挺挺地躺在床上。刺客仍不放心，挥刀向司马懿劈去。刺客暗想，司马懿如果是装病，见到利刃夺命，一定会匆忙招架。可是，司马懿只是睁开眼睛瞅了瞅刺客，身子仍然像僵尸一样一动未动。刺客这才信以为真，收起佩刀，回去向曹操禀报。其实，司马懿在刺客潜入卧室时就已察觉，并且猜到是曹操派来打探其病况的。他十分清楚，如不露马脚，定会安然无恙；若露出破绽，必然死在刺客刀下。所以，司马懿将计就计，演出了这场惊险剧。

年轻的司马懿蒙蔽了身经百战、向来机警的曹操，确非常人所能为。在现实生活当中，碰到某些不太聪明的人想用一些不太高明的手法制服你，你大可不必惊慌，不妨将计就计，利用他的手法反过来制服他。这样一来，就可以让他毫无还手之力，并且输得心服口服。

在做事的过程中，人与人之间的较量是很常见的。在较量中，总会碰到一些自以为是的人，他们以为自己的地位、学识等非常有优势，于是自我意识就开始膨胀，不仅极端地蔑视他人，更甚者大肆地攻击、恣意地侮辱他人。对待这样的人，要想让他有所收敛，我们就得拿出“狠”招好好修理一下他不可。

其实，与一些强势的人打交道，有时可以采取抓住其弱点，攻其要害处的方法，这时对方会从自身的利益出发，只得放下架子，认真地把你放在同等地位上来对待。

1901年美国石油大王洛克菲勒的第二代小约翰·戴·洛克菲勒，代表父亲与钢铁大王摩根谈判关于梅萨比矿区的买卖交易。摩根是一个傲慢专横、喜欢支配人的人，不愿意承认任何当代人物的平等地位。当他看到年仅27岁的小洛克菲勒走进他的办公室时，摩根并不在意，继续和一位同事谈话，直到有人通报介绍后，摩根才对年轻而长相虚弱的小洛克菲勒瞪着眼睛大声说：“唔，你们是什么价钱！”小洛克菲勒并没有被摩根的盛气凌人吓倒，他盯着老摩根，礼貌地答道：“摩根先生，我看一定有一些误会，我到这里来并不是因为我有多想卖，相反，我的理解是您想要买。”老摩根听了年轻人的话，顿时愣住了，他沉默片刻后，终于改变了声调。最后，通过谈判，摩根答应了洛克菲勒要求的售价。

在这次交谈中，小洛克菲勒就是抓住了对方的弱点：摩根急于要买下梅萨比矿区，给以点化，从而既出其不意地直戳对方的要害，说明问题的关键；同时也表现出对垒的勇气和平等交往的尊严，使对方不得不放下架子认真地平等交往，于是交际进程就变成了坦途。

每个人在现实生活当中都有可能遇到强大的对手，这时候不要和他硬碰硬，聪明人应该懂得，无论他多强大，都有他赖以生存的底牌，把这张底牌找出来并抽掉它，再和他斗智斗勇，这样就容易得多了。

战胜对手要讲究技巧

《草庐经略》上说："虚实在我，贵我能误敌。"兵法上也有"虚则实之，实则虚之"的谋略。兵者，诡道也，在兵家那里是没有褒义和贬义之分的。在社会竞争中，谁能找到更好的方法，谁就能取得胜利，谁的思维一成不变，谁就注定会是失败的结局。

很多时候，竞争的舞台就像战场一样变幻莫测，要想取得决定性的胜利，就需要有同样变化万千的应对方法。竞争中克敌制胜的招式，其出发点应该着力于两方面：一方面要能让自己朝着预定的成功目标贴近，并最终猎取到手；另一方面，就是要保证在这个过程中，能把各种外来的打击和潜在的危险降到最低，这也正是强者能赢得辉煌战果的原因所在。

公元前 206 年，韩信拟定了东征的计划后，命令樊哙、周勃等带领大队人马去修栈道，限三个月完工。可是烧毁的栈道接连有 300 多里，高低不平，地势险要。修了没几天，就摔死了几十人。修栈道兴师动众，闹得鸡飞狗跳，一下就把兴兵东征的警报传到了关中。

守在关中西部地区的雍王章邯，一面派探子去打听修道的情况，一面调兵遣将去挡住东边的栈道口。他听说汉王拜的大将原来是曾经钻过人家裤裆的懦夫韩信，汉王的将士们都不服气，修栈道的士兵和民工天天有逃走的。认为几百里栈道要修好多年，因此，对刘邦和韩信的这一行动根本不重视。

就在章邯高枕无忧的时候，忽然有一天，传来急报说：“汉军已经攻入关中，陈仓被占。”咦！栈道还没修好，汉军难道是插翅飞过来的吗？其实，韩信表面上派兵修复栈道，装作要从栈道出击的姿态，实际上却和刘邦率领主力部队，暗中抄小路袭击陈仓，趁敌不备，取得了胜利，这就叫作“明修栈道，暗度陈仓”。汉军随即攻占了雍地、咸阳，章邯兵败自杀。没多久，翟王董翳、塞王司马欣先后投降。不到三个月时间，关中就变成了汉王刘邦的地盘。

俗话说兵不厌诈，为将者除了要勇猛过人外还要善谋略，当与对手实力悬殊时可以先以假象麻痹敌人，再暗自积蓄力量，然后瞅准时机，给对手以重创。

与狡猾的对手周旋不但要虚招实招并用，而且要“矛”与“盾”齐上阵，攻中有防，防中带攻，虚实相间，攻防结合，才能让对手对自己既无从下手，又难以招架。

袁世凯窃取革命果实后，想拉民国骁将蔡锷入伙，便以组阁为由，召其进京。蔡锷抱着放弃主义的态度，整天饮酒狎妓，在八大胡同流连忘返。尽管如此，袁世凯仍不放心，每天都要派密探监视蔡锷的行踪。不久，袁世凯称帝，蔡锷内心作痛却不动声色，也欣然劝进，晓谕部下拥戴帝制。蔡锷还整天与袁世凯的帮凶六君子、五财神、八大金刚等人周旋，甚至帮助袁世凯筹备登基大典。

这样过了一段时间后，袁世凯对蔡锷的疑虑稍减，并拿出巨款收买蔡锷。蔡锷暗中把钱存下以做日后大举经费，表面上更是沉溺于酒色，还经常留宿名妓小凤仙之处，甚至为此闹到法庭要与夫人离婚。这样，袁世凯放心了，把密探全部撤掉。对此，蔡锷仍没什么反应，反而整日忙于广置田产，修造房屋，收集古玩，连公府召见也难得一见他的影子。

一天傍晚，蔡锷在小凤仙的住所举行宴会，遍请六君子、五财神等人，席间歌声笑语、丝竹齐鸣，加上猜拳行令、谑浪欢呼，一派花天酒地之象。蔡将军大饮大嚼，兴致欲狂，终于酩酊大醉，呕吐狼藉，来宾们也都酒意十足，畅然散去。次日天未破晓，小凤仙推醒蔡锷说："时间已经到了。"蔡将军猛然而起，悄然离去，赴天津，去日本，转道海上至云南。直至云南独立，其他各省继起响应，人们方才领悟其深远之计。

蔡锷将军之所以纵情声色、购置田产、与妻子离婚等，都不过是故意掩饰自己的真实面目，麻痹老奸巨猾的袁世凯，以为日后脱身做掩护之"盾"。对此，老奸巨猾的袁世凯毫无察觉，等达到目的后，手中长矛锋芒毕露时，袁世凯也只能梦醒无奈，徒然懊悔。

在这残酷的人生战场上，这种以动为"矛"进攻、以静为"盾"护驾的招式是颇有实效的。其实现实中的人情和算计不正是虚虚实实、捉摸不定的吗？如果不能去很好地去用适当的策略应对，就会被无情地挤兑出来，更不要说掌控局势，夺取最终的胜利了。

这个世界的竞争是残酷的，虽然今天你还睡在柔软的席梦思上，但如果缺乏竞争意识，没有好的竞争手段，也许明天就要睡在简陋的柴房中了。在竞争中，不能因为一次的幸运，就犯下守株待兔的愚蠢错误。人们不会犯下同样的错误让你有机可乘，所以我们要学会与时俱进，随时准备解决新问题，让自己在与对手的竞争中立于不败之地。

不要给竞争对手留下任何机会

古人说："放虎归山终为患，打蛇不死随棍上。"如果你对已经战胜的竞争对手心慈手软，后果可能会不堪设想，等对手喘过气后还会反咬你一口，而这一口很可能就是致命伤。所以，竞争中该狠就要狠，不要给竞争对手留下任何机会，即便是穷寇，也要追他到底。

在残酷的竞争中，不管对手是强大还是弱小，都不要心存轻视，更不要心慈手软。面对不能共存的残酷局面，必须狠下心来狠狠打压对手，即使对已经被你打趴下的"穷寇"，也要再加把劲，直到对手永远倒下为止。

实际上，在当今社会竞争中的"狠"，早已脱离了"心狠手辣"的原意，而是说做事要坚决，要做彻底，因为胜者只有一个，如果你心软了，就只能接受失败的结局。

20世纪二三十年代，在旧天津的商埠上，有两家老字号药店。他们同处一条街上，一个名字叫"济世堂"，另一个名字叫"万寿堂"。本来他们相互之间井水不犯河水，各做各的买卖，倒也相安无事。谁知到了30年代初，刘可发继承父业，做了万寿堂的老板，他的经商思路与其父亲的大相径庭，他看不惯先父那种保守的经商之道，从价格、品种等方面对济世堂药店展开了全面的攻势，势在一举挤垮济世堂，使万寿堂成为独一无二的垄断药店。

生意世家出身的刘老板毕竟身手不俗，凭着自己年轻、敢想敢干，经营上有世家的底功，出手几招，就把济世堂搞得非常被动。在万寿堂组织的强大攻势下，济世堂经营每况愈下，虽然很快就反应了过来，采取了一些补救措施，但已无法挽回败局，终于宣告停业。

刘老板大获全胜，自然趾高气扬，打算大干一场，称雄天津。他哪里知道，济世堂并未被彻底击败，也没有到非关门不可的地步，凭实力，济世堂也完全可以再与万寿堂较量一番。但济世堂的老板却没有那样做。他不愿直对万寿堂那夺人的锋芒应战，弄个两败俱伤，而是避开万寿堂的正面进攻，自己采取以退为进的策略迎接挑战。

既然不能与万寿堂同街经营，走远一点总可以吧？不久，济世堂在远离万寿堂的一条街上重新开张了，但铺面已比原来的门面逊色多了。昔日大药店的气派已荡然无存。消息传到万寿堂刘老板的耳朵里，他不禁喜形于色心想："济世堂，你已经被我挤垮了，再也别想回到这条街上来与我抗衡、争地盘、抢顾客了。"得意之余的刘老板，心还不够狠，没有进一步施展杀招，而是放了济世堂一马。

过了一些日子，济世堂的又一家分号开业了，自然是小铺面，也仍然躲着万寿堂。有人把这一消息告诉刘老板："老板，济世堂又开了一家分号，我看买卖不错，没准是想东山再起，我们不能不防啊！"

此时的刘老板仍然作出不以为然的样子："怕什么，那种小药店成不了气候，药店靠的是信誉，大药店才能让顾客放心大胆地买药，我看他们是在一个地方混不下去了，不得已而为之，不用怕。"

往后的很长一段时间内，济世堂频频新开类似的小药店，而万寿堂的生意也差不多，两者相安无事，以前抢夺"地盘"的恩怨似乎已经过去。不料想，三年之后，济世堂突然一招"回马枪"，将平静的水面搅浑。济世堂出人意料地宣布，自己将在老店旧址重新开业。此前，他们已暗暗从买主手中买回了店址的产权。

经过一番维修、装饰，济世堂在鞭炮声中重新杀回了万寿堂的旁边。万寿堂的刘老板听到这一消息，惊骇不已，他没想到已经被自己打趴下的济世堂还会卷土重来，给自己造成了放虎归山之患。刘老板想重新组织力量，再像三年前那样发动一次商战，趁济世堂立足未稳，把它再一次赶出去。可他很快便发现，这已是不可能了。到这时他才真正了解到济世堂在三年中，已经开了一批分号，形成了一个完整的体系，而在其内部采取统一的经营方针，集中进货，分散经营销售，自然销量大得多。同时，令刘老板吃惊的是，在自己的周围早已布满了济世堂的分号，万寿堂已在济世堂的层层包围之中。

自从济世堂总店恢复之后，生意热闹非凡，十分红火，顾客络绎不绝，接踵而至，再加上分号的销售，每年盈利不少。而万寿堂的生意较以前清淡了许多，自有门前冷落车马稀之感。

从上述例子不难看出，当初，万寿堂药店的刘老板心狠手辣，在各方面针对自己的多年伙伴济世堂展开攻击，使济世堂处于劣势之下，好像“穷寇”已逃，然而在对手被打倒之后却心慈手软，没有紧紧地跟踪追击，从而埋下隐患，终尝恶果。生意场上就是这样，你给竞争对手留下机会，那么这个机会可能就会变成你的坟墓。

第14章

习惯决定未来：业精于勤荒于嬉，行成于思毁于随

英国哲学家培根说过："习惯是一种顽强而巨大的力量，它可以主宰人生。"习惯的行程往往起源于看似不经意的小事，却蕴含了足以改变自我命运的巨大能量，所以习惯的培养对于每个人来说都至关重要。只有对自己狠一点，强迫自己养成做大事所应具备的好习惯，才能在前进的道路上顺风顺水，这比任何不切实际的空想都来的有效。

拿出狠劲儿，克服拖延的毛病

放着今天的事不做，非要留到明天，在这个拖延中所耗去的时间和精力，其实早就足够将那件事做好了。没有雷厉风行的行动，一切都将回到零点。一个人要想成就一番事业，就要拿出狠劲儿，克服拖延的恶习，否则就会使所有的机会化为乌有。

如今市场竞争异常激烈，市场格局风云万变，市场信息流的传播速度大大加快。谁能抢先一步获得信息、抢先一步作出应对，谁就能捷足先登，独占商机。以前，我们常常会说商场如战场，大鱼吃小鱼。但是现在，我们说得最多的是“快鱼吃慢鱼”。企业再大，如果对市场后知后觉、反应迟钝，依然会被那些反应快的小企业吞并。对于职场中的个人来讲也是如此，虽然今天还是高管，但是如果做起事来拖拖拉拉，那么明天就有可能失去饭碗。

廖振大学毕业后去了一家房地产公司，从一名销售部的员工做起。两年后，公司高层看廖振工作还算踏实，就给他升了职，任命他做了一个新楼盘的销售部主管。

在房地产行业，素来有“金九银十”的说法。每年的9月和10月都是是楼盘销售的黄金时期，所以公司非常看重这个机会。为了避免错失良机，公司派人督促廖振早点做足准备，让他在这两个月里拿出成绩出来。

但是，廖振接受这个任务后却没有立即着手去做。他觉得："现在整个地产界都不景气，我急着作出销售方案恐怕也没什么用，还是先等上一段时间，看看其他楼盘的做法再说吧。"有了这样的想法后，廖振就心安理得地拖延起了工作，没有理会公司的催促。

当廖振还在慢悠悠地观望时，公司的竞争对手们却争分夺秒地展开了各种各样的销售活动。他们有的在当地各大媒体做起了广告，有的给出了让人心动的价格调整，有的免费接送潜在的顾客参观楼盘。

后来，廖振看到其他楼盘的销售情况十分火爆，这才开始准备动手大干一场，但他已经错过了最佳的时机，拖延让他付出了沉重的代价，他负责的楼盘销售情况惨不忍睹。事后，他因执行不力而接到了公司的解聘书。

毫无疑问，作为公司的中基层领导，得到领导的指示后应该立即行动，而不是像廖振这样拖拖拉拉，以至于错失良机，为自己的职业生涯蒙上了一层阴影。

如果本来十分钟能够解决的问题，你非要拖上一个小时，那么你注定会落在别人的后边；本来一个小时能完成的工作，你非要拖延一个上午，那么你永远只能追逐成功的背影。要想成就一番事业，就必须树立起"速度第一"的行动理念，让自己迅速行动起来。

贝尔纳是一位法国剧作家，有一天，他在报纸上看到一个有趣的有奖问答，问题是："如果法国最大的博物馆卢浮宫失火了，当时只允许抢救出一幅画，你会抢救哪一幅？"如果谁答对了，将会获得丰厚的奖品。人们都对这次有奖问答非常感兴趣，这家报纸很快就收到了数以万计的答案，人们纷纷按照自己的理解作出选择，有的甚至写出几万字的论文，来论证自己的做法是正确的，比如阐明为什么自己会选梵·高的《向日葵》而不是《岩间圣母》，或者为什么抢救达·芬奇的《蒙娜丽莎》而不是米勒的《晚钟》等。众人相持不下，谁也不服谁。然而，结果却是出人意料，只有贝尔纳得到了奖品，因为他的回答是：抢救离卢浮宫出口最近的那幅。

大火来势凶猛，如果这种时刻还磨磨唧唧寻找自己中意的作品，等你找到那幅美丽的《蒙娜丽莎》的时候，恐怕已经看不到她神秘的微笑了。而要想成功救下一幅画，不妨选择离出口最近的那幅，这是最快能抢救到的，也是最容易成功的。

我们在生活中总有一些明明知道早就应该去做，却一直拖着不去做的事情，尽管这些事情已经影响了我们的生活，但我们总是有一个借口：没有时间，时间还早，这个得放放再说，等等。让那些本可以早就完成的事务成为你生活的负累，进而变成你精神上的负累。要摆脱这样的负累，你必须拿出狠劲儿，努力克服自己身上存在的拖延毛病，想方设法将其从你的习惯中除掉。如果你做到了当日事当日毕，你会发现生活是如此的轻松惬意。

守住心灵的防线，拒绝诱惑的招引

古人云："事能知足心常泰，人到无求品自高。"在物欲横流的"花花世界"中，每个人都有一条属于自己的、充满诱惑的小路在脚下延伸着，只有守住自己内心的一方净土，拒绝诱惑的招引，我们才不会在生活中迷失自己。

从小到大，我们的人生道路上都充满了各种诱惑。不管你承认与否，你的所作所为都有一定的诱因，只不过你没有发觉而已。对于每个人来说，诱惑就如一坛美味甘醇的美酒，尝一口，美味无比，再尝一口还是清香爽口，再喝一口，就会为之神魂颠倒。在自己喝得酩酊大醉，迷迷糊糊时，就会陷入美丽而又深不可测的泥潭中，不能自拔。

一只猴子经常在山上看两位仙人下围棋，久而久之便学到了一手高超的棋艺。后来，这只猴子下山找人挑战，竟是无人能敌，败在它手下的棋手不计其数。国王知道后很生气，全国这么多围棋高手竟然都败给了一只猴子，于是就召集群臣商量对付猴子的办法。其中一个大臣自告奋勇要与猴子对弈。国王问他："那么多高明的棋手都败了，你有把握吗？"大臣回答："只要您答应在我比赛时，在桌子上放一盘水蜜桃，我就有把握战胜它。"结果，那只猴子在比赛时总是盯着那一盘鲜美诱人的水蜜挑，不停地流着哈喇子，而大臣则心无旁骛，专注于棋局，最终赢了这场比赛。

猴子之所以会败给这位大臣，并不是它的实力不如以前，而是因为自己有了杂念，下棋时经不住鲜美的水蜜桃的诱惑，不能专心致志地把精力集中到棋局上，从而导致了失败。

生活中充满诱惑的东西很多，只有保持理性的头脑，对那些不属于自己的东西果敢舍弃，才能免于烦恼乃至伤害。相反，面临诱惑，如果你意志懈怠，照单全收，那等待你的往往会是惨痛的结局。有所弃，才能有所得，只有懂得拒绝，我们才能拥有精神上的“明月清泉”，从而坚定理想信念，把握自己的人生之舟。

东汉人杨震是个颇得称誉的清官。他做过荆州刺史，后调任为荆州刺史东莱太守。当他去东莱上任的时候，路过昌邑。昌邑县令王密是他在荆州刺史任内荐举的官员，听到杨震到来，晚上悄悄去拜访杨震，并带金十斤作为礼物。王密送这样的重礼，一是对杨震过去的荐举表示感谢，二是想通过贿赂请这位老上司以后再多加关照。可是杨震当场拒绝了这份礼物，说：“故人知君，君不知故人，何也？”王密以为杨震假装客气，便说：幕夜无知者。意思是说晚上又有谁能知道呢？杨震立即生气了，“天知、地知、你知、我知，怎说无知？”王密十分羞愧，只得带着礼物，狼狈而回。

面对诱惑不心动，不为其所惑，虽平淡如行云，质朴如流水，却让人领略到一种山高海深，让人感觉到一份放心。这样的人也是真正懂得如何生存的人。

在我们生活的世界里，处处存在着诱惑，比如物质的诱惑、金钱的诱惑、权力的诱惑、美色的诱惑、谎言的诱惑等，这些诱惑紧紧地跟随着我们，纠缠着我们，妨碍了我们的成功，破坏了我们的幸福，危害着我们的前程，对我们的人生有百害而无一利。“不经一番寒彻骨，怎得梅花扑鼻香”，要想得到幽香扑鼻的梅花，我们就要守住心灵的防线，狠心拒绝这些侵蚀我们灵魂的东西。

分秒必争，做一流的时间掌控者

时间是最奇妙的东西，它掌控一切，却又踪迹全无，它能使枯草变绿焕发蓬勃生机，又可使鲜花凋零留下一片荒芜。上天赋予每个人的时间都是均等的，但每个人对时间的利用却大有不同。那些对时间分秒必争的人，都是一流的时间掌控者，他们总能得到成功的眷顾。

当今社会，很多人缺乏时间观念，他们常常用“应该”“大概”“差不多”等措辞来总结自己花费的时间。比如问一位经理：“您今天上午做了什么，花了多长时间？”他也许会回答：“上午这三个小时差不多都用来起草报告了。”但实际的情况是，在这三小时中，他用了 16 分钟喝茶、抽烟；中途休息了两次，用了 24 分钟；与同事聊天，用了 27 分钟；接三次电话，用了 23 分钟，这样总共用了 90 分钟，实际上真正用于起草报告的时间只有一个半小时。这就是典型的时间观念模糊的情况，很多宝贵的时间就这样在不知不觉间流失了。

鲁迅先生说过：“哪里有天才？我只是把别人喝咖啡的工夫都用在了工作上。”有什么样的时间观念，就会有什么样的成就。你的时间观念越是严谨，你的成功概率就越高。纵观那些成功人士，他们之所以成功，与他们严谨的时间观念密不可分。

法国大作家巴尔扎克几乎把自己所有的时间都用在了写作上，为了更好地进行创作，巴尔扎克为自己制定了明确的工作时间表并强迫自己严格执行。具体内容是：从午夜到中午工作，就是说，在圈椅里坐十二个小时，努力修改和创作。然后从中午到四点校对校样，五点钟用餐，五点半才上床休息，而到午夜又起床工作。

一次，巴尔扎克工作太累了，就对一个来访的朋友说："我小睡一会儿，你一小时后记得叫醒我。"但一个小时过去了，朋友看到他疲惫的面容，实在不忍心叫醒他，就想让他多睡一会儿。等巴尔扎克醒来后，发现超过了一小时，他几乎是暴跳如雷地对朋友说："你为什么不叫醒我，你这样耽误了我多少时间啊！"朋友耸了耸肩说："你这么累了，该好好休息一天，有事情明天不能做吗？"巴尔扎克大声说："我明天还有别的事情呢，时间这么宝贵，我怎么能把今天的事拖到明天呢？"尽管朋友被巴尔扎克吼了一顿，但他一点也不生气，反而深深为巴尔扎克的时间观念而感动。

正是由于巴尔扎克严谨的时间观念，他才能创作出《欧也妮·葛朗台》《高老头》等90多部中长篇小说，成为一位著名的多产作家，在全世界享有盛誉。

金钱可以被储蓄，知识可以被累积，但时间却不能被保留。每天的时间都是短暂的，除去休息和吃饭的时间，能用来工作的也只有几个小时而已。我们虽然无法改变生命的长度，但却可以拓展它的宽度，只有好好把握每一分钟，才能让时间过得有价值、有意义。

著名的成功学大师海特斯·莱西曾经接到一个小伙子的求教电话，

他与那个向往成功、渴望指点的小伙子约好了见面的时间和地点。

小伙子如约而至时，海特斯·莱西的房门大敞着，眼前的景象令小伙子颇感意外——海特斯·莱西的房间里乱七八糟，一片狼藉。没等小伙子开口，海特斯·莱西就招呼道："你看我这房间，太不整洁了，请你在门外等候一分钟，我收拾一下，你再进来吧！"一边说着，海特斯·莱西轻轻地关上了房门。

不到一分钟的时间，海特斯·莱西又打开了房门，并热情地把小伙子让进客厅。这时，小伙子眼前展现出另一番景象——房间内的一切已变得井然有序，而且有两杯刚刚倒好的香槟酒，淡淡的酒香在房间里荡漾着。可是，没等小伙子把满腹有关人生和事业的疑难问题向海特斯·莱西讲出来，海特斯·莱西就非常客气地说："干杯，你可以走了。"

小伙子手持酒杯一下子愣住了，既尴尬又非常遗憾地说："可是，我……我还没向您请教呢！"

"这些难道还不够吗？"海特斯·莱西一边微笑着，一边扫视了一下自己的房间，轻言细语地说，"你进来又有一分钟了。"

"一分钟……一分钟……"小伙子若有所思地说，"想不到一分钟可以做这么多事，我好像明白了。"

海特斯·莱西笑着点了点头，小伙子把杯里的香槟酒一饮而尽，向海特斯·莱西道谢后开心地走了。

尽管海特斯·莱西没有向小伙子传授任何实际经验，但却让他明白了时间的重要性，只要抓紧利用每一分钟，这样日积月累，就能做出很多别人做不到的事。

据统计，人的一生大约有 1/3 的时间用于工作，1/3 的时间用于睡眠，还有 1/3 的时间则属于闲余时间。但这些闲余时间不是整块分布的，而是非常零碎，乍一看毫不起眼，但加到一起却十分惊人。有人做过一项计算，如果从 20 岁开始工作到 60 岁退休，就有 116800 个小时的业余时间，每天拿 2 小时干某项工作，40 年中就相当于 3650 个工作日，整整 10 年，足够干一番事业。

古人说：一寸光阴一寸金，寸金难买寸光阴。时间对每个人都是一样的，但不同的人在有限的时间里所创造的价值却不一样。但凡能够在事业上作出卓越成绩的人都是时间管理的高手，在他们眼中，时间是最有价值的资产，他们都懂得如何系统地规划并充分利用时间。只有充分利用时间，才能使自己的工作更有效率，才能取得辉煌的成绩。

狠下心来，与懒惰说拜拜

纵观古今，成功的桂冠总是会被勤劳者摘取，而那些懒惰者却只能在失败的阴影中自哀自怨。勤奋是石，敲出信心之火；勤奋是火，点燃理想之灯；勤奋是灯，照亮人生之路。世上无难事，只要你狠下心来，改掉懒惰的习惯，做一个勤奋的努力者，那么成功就会属于你。

“勤奋出贵族”是一句亘古的箴言。无论是过去还是现在，那些拥有地位、尊严、荣耀和财富的人，都有着兢兢业业的做事态度，在他们身上都凸显出了令人尊敬的勤奋创业与敢为天下先的精神，都闪耀着非凡毅力与顽强意志的光芒。而正是这样的品质使他们获取了财富，让他们成就了事业，赢得了尊崇，成为了顶天立地的伟人。

美国物理学家爱因斯坦说过：“在天才和勤奋两者之间，我毫不迟疑地选择勤奋，勤奋是几乎世界上一切成就的催产婆。”

曾有人问李嘉诚的成功秘诀，李嘉诚没有从正面回答，而是讲了一则故事：日本“推销之神”原一平在69岁时的一次演讲会上，当有人问他成功的秘诀时，他当场脱掉鞋袜让提问者上台来摸他的脚板。提问者摸了摸后，十分惊讶地说：“您脚底的老茧好厚呀！”原一平说：“因为我走的路比别人多，跑得比别人勤快。”提问者顿然醒悟。李嘉诚讲完故事后，微笑着说：“我没有资格让你来摸我的脚板，但我可以告诉你，我脚底的老茧也很厚。”

李嘉诚的这番话揭示了成功人士的共同优点，就是勤奋做事。勤奋是成功的根本，人生中任何一种成功的获取，都始之于勤并且成之于勤。在这个复杂变幻的世界中，没有永远的贵族，也没有永远的穷人。那些出身卑微家境贫寒的人，通过自己的勤奋工作、执着的追求和智慧，同样能够功成名就、出人头地，成为一代新贵族。

在工作中，很多人喜欢要小聪明，总想让自己少干点活儿，让别人多干点儿。其实，这都是懒惰的习惯在作祟，这种自以为聪明的做法最终会害了你。

商人有两匹马，各拉着一车货物，前面那匹马走得很好，而后面那匹却常常停下来。于是商人就把后面那辆车上的货一点一点搬到前面那辆车上去。等到后面那辆车上的东西都搬完的时候，后面那匹马便轻快地前进了。这匹马得意地对前面那匹马说：“你看你多辛苦，流这么多汗，你越是努力干，人家越是要折磨你。”

中途休息的时候，商人心想：“既然只用一匹马就可以拉动整车货物，那我为什么还要养两匹马呢？不如好好地喂养强壮的那匹，把另一匹宰掉吧，这样我还能得到一张马皮。”于是，他真的这样做了。

人的本性之一就是趋乐避苦，惰性就如同影子一样时常纠缠着人的心灵。一个人要想成就一番伟业，就一定要警惕怠惰这个大敌。如果你的心中也有一匹偷懒的马，那就赶紧将其驱除吧，否则它会慢慢将你拉进失败的陷阱。

人们常叹人生短暂，其实是你不够勤奋，假如你勤快起来去做事，就会在同样的时间里做更多的事情，那么你的人生就比别人多出很多时间；相反，如果你虚耗时间，眼睁睁地看着时间一分一秒地流逝而不行动起来，那么你的工作时间必然缩短。所以，不要再有那种“做一天和尚撞一天钟”的懒惰心理了，让自己勤奋起来吧。

做自己的主人，养成自律的习惯

一个人走了很远的路，他感到又饥又渴，途经一片桃李园林，成熟的果子挂满枝头，但这个人却看也不看就继续赶路。路人问他为什么不摘个果子吃，他说：“桃李无心，我心有主。”意思是说，桃李是没有心的，所以管不住自己；但我是我心的主人，我能管住自己。

一位哲人说过：“一个人成功的最大障碍不是来自于外界，而是自身。”为什么这么说呢？作为一个自由个体，除了自己之外，是谁也约束不了你的。你的未来成功与否，很大程度上取决于你能否很好地管住自己。

杰瑞·莱斯是一名已经退役的美式橄榄球运动员，他被公认为是史上最伟大的橄榄球员之一。他的天赋体能惊人，几乎没有人能赶得上他，可谓一个天生的运动员。至今，他还保持着 100 多项 NFL 的纪录，208 次的达阵次数无人能及。

莱斯高中时就加入了校橄榄球队，每次练习之前，教练都会让球员以蛙跳的方式翻越一座约 37 米高的山丘，来回 20 次才能休息。有一次，天气十分炎热，莱斯在完成第 11 次之后就累得跳不动了。当时教练并不在场，他多么想偷偷溜回去休息啊，但他知道这样做是偷懒的行为，一旦起了个头，后面就控制不住了。于是他咬着牙继续坚持，直到完成训练。

成为职业球员之后，莱斯更加严格要求自己，他在球场上陆续创造佳绩，并创造了连续 19 年比赛从不缺席的纪录。当球季结束之后，其他人都去钓鱼或享受假期时，莱斯仍保持勤练的作息规律，每天从早晨 7 点钟开始做体能训练，直到中午。“许多人不能理解，莱斯总把橄榄球赛季看成一年 365 天的挑战，他每天都在为攀越更高境界而准备着，”美国国家橄榄球的一位明星描述他说：“在职业橄榄球界没有人像他这样有规律，所以也没有人像他一样成功。”

杰瑞·莱斯的成功秘诀在于，无论发生什么情况，他都能很好地管住自己，踏踏实实地训练，这正是他了不起的地方，也是他最值得我们学习的地方。

自律使人自知，使人时刻想到严格要求自己，养成良好的行为习惯。这样一来，你的各方面素质将得到提高，自然更快更早地取得成功。美国最著名的脱口秀主持人奥普拉·温弗瑞就是遵循此道走向成功的。

1954年，奥普拉出生于密西西比的一个小镇，她的父母没结婚就生了她，后来分手，之后奥普拉被祖母抚养。由于缺少父母的管教，奥普拉的生活混乱不堪，她学会了喝酒、抽烟、打架，甚至吸毒……13岁时，奥普拉因为遭到强奸和侮辱而屡次离家出走，差点儿被送进少年管教所；14岁时，她产下一个早夭的孩子……

所有人都认为奥普拉的人生毫无希望了，岂料命运出现转机。14岁时，奥普拉的父亲将她带到身边抚养。他是一位严父，规定奥普拉每周必须看一本书，并在看过后写一篇书评。他还告诉奥普拉："一个人唯有努力奋斗和自律才会走向成功。"奥普拉听了父亲的话，不仅开始用心看书、写评论，而且还自觉地戒烟、戒酒、戒毒等，渐渐地她的生活走上了正轨。

后来，奥普拉凭借自己的努力考上了大学，19岁时她开始从事广播事业，1985年移居芝加哥后，她开始担任一个低收视率的晨间脱口秀主持人。奥普拉独有的诙谐幽默让她的主持大放异彩，短短一年时间就受到了观众认可。后来，她被《福布斯》杂志评为"全球最具影响力的文艺名人"，长期跻身全球富豪之列。

自律对于一个人来说就好像一辆汽车的制动系统，如果汽车缺失方向盘或刹车系统，只有发动机，那么汽车就如脱缰野马，不受控制。这样一来，当前方有危险的时候就无法避开，必定会遭遇危险。

成功与自律是密不可分的，古往今来，那些杰出人士之所以能够得到胜利女神的青睐，很大程度上是因为他们有着自律的好习惯。只有自律才会让一个人变得优秀，这并不是一句空洞的口号，而是一个人走向成功的最基本条件。

第15章

信心决定成败：建奇功成竹在胸，成大业舍我其谁

苏联作家高尔基说过：“只有满怀自信的人，才能在任何地方都怀有自信沉浸在生活中，并实现自己的意志。”其实，每个人都是独一无二的存在，不必拿自己的缺点与别人的优点作比较，也不必经常自叹某某处总不如人，因为没有谁是完美的。相信自己，给自己充分的自信，你就能挖掘自己的潜能，为自己的人生谱写绚丽的章节。

想要成功，首先要战胜自己

雄鹰之所以能主宰蓝天，是因为它相信自己可以战胜风雨；江河之所以能一往无前，是因为它相信自己终会奔流入海。每个人的心中都有一个失败的影子，如果想要成功，你首先要战胜的不是别人，而恰恰是你自己，因为只有自信的人才能斩获成功。

要想战胜别人，先要战胜自己，没有自信的人，首先在气势上就已经输了。一个人最难克服的心理障碍就是不自信，如果你想获得成功，就一定不能被自己心中的敌人打败。

这是一场惨烈的战斗，将军接到上级的命令，一定要在天黑之前拿下某个高地。于是将军率领部队向高地发起了一次又一次的进攻，但都被敌人一次又一次地击退。在最后一次冲锋中，他所有的战友都牺牲了，他自己也被一枚手榴弹炸断了一条腿，而敌方的军旗仍在山顶上飘扬。将军叹了一口气，绝望地朝自己开了枪。

半小时过去了，增援部队终于赶到战场。当他们冲上山顶时，发现对方的官兵已全都战死了，只剩下一个奄奄一息的火夫，正绝望地抱着自己的军旗，等着将军爬上来将他像蚂蚁一样踩死，但将军杀死的却是他自己。

人的一生，最不能原谅的就是败给自己。你是你自己最大的竞争对手，选择一种战胜自己的姿态，是每一个渴望成功的人必须完成的功课。

在生活中，我们常常会遇到各种各样的挫折，在跟这些挫折“战斗”之前，首先一定要有战胜自己的狠劲儿，让自己的内心变得强大，然后朝着自己制定的目标勇敢前行。

1950 年，弗洛伦丝·查德威克作为第一个成功横渡英吉利海峡的女性而闻名于世。两年后，弗洛伦丝决定挑战卡塔林纳海峡。她计划从卡塔林纳岛游向加利福尼亚海滩，希望可以再创一项纪录。弗洛伦丝时年 34 岁，她的这一举动引起了媒体和数以万计的美国人的关注。

1952 年 7 月 4 日清晨，海面上浓雾弥漫。在游了漫长的 16 个小时之后，她的嘴唇已冻得发紫，全身筋疲力尽而且一阵阵战栗。她抬头眺望远方，只见眼前雾霭茫茫，仿佛陆地离她还十分遥远。“现在还看不到海岸，看来这次无法游完全程了。”她这样想着，身体立刻就瘫软下来，甚至连再划一下水的力气都没有了。

弗洛伦丝想着自己不能再游下去了，她向护送船上的亲友请求：“把我拖上去吧。”弗洛伦丝的母亲和教练在一条护送船上。他们告诉弗洛伦丝不要放弃，因为离海岸已经很近了。由于当时海上雾大，能见度低，弗洛伦丝朝海岸望去，还是什么都看不见。她再三请求：“把我拖上去吧！我真的游不动了。”

于是，护送人员把弗洛伦丝拉上了护送船，等她渐渐觉得暖和了，雾也慢慢消散了。这时，弗洛伦丝看清了：护送人员拉她上船的地方，离加利福尼亚海岸只有半英里（1 英里 =1609.33 千米）。她仰天长叹，懊悔自己没能咬咬牙再坚持一下。

事后，弗洛伦丝对记者道出了挑战失败的主要原因。她说：“说实在的，我不是为自己找借口。如果当时我看见了陆地，我就一定能够坚持游到终点。”大雾击垮了她夺取最后胜利的信心和勇气。

两个月之后，弗洛伦丝终于成功地游过了卡塔林纳海峡，而且时间比男子的纪录还快了约两个小时。

一位作家曾说：“相信自己，学会正确地认定自我是很关键的一步。”所以，我们千万不要被自己心中的敌人打垮，无论遇到什么困难都不要过早地放弃，要对自己狠一点，给自己点信心，再坚持一下，也许胜利离你也只有半英里呢。

事实证明，胜利者通常都是因为战胜了自己而获得了最终的胜利，而失败者通常也是因为败给了自己的内心而最终导致失败的结局。其实，每个人心中都存有一个失败的影子，这个影子一直在吞食你赢取胜利的信心，但若是打败了它，那成功也只是差一小步而已。

记住，你比自己想象的更优秀

在电影《功夫熊猫》中，阿宝本不可能成为功夫高手，但他从空白的神龙秘籍中领悟了自信的力量，才激发了自身潜能，最终击败了凶恶的大龙。其实人生就是如此，你比自己想象的更加优秀，只要你狠下心来，冲破自卑的枷锁，放开手脚全力以赴，就一定能战无不胜。

很多人身上都有一种隐藏的缺点，那就是自卑。自卑的人往往觉得自身比别人缺少某种能力，常常责备自己，与自己过不去，进而轻视自己，使自己的内心拘囿在自卑的阴影里。一般来说，把自己的能力看得低一些，这在生活中并不罕见。但不能总把自己看得太低，要相信自己有足够的能力去应付所遇到的问题。要相信，你比你自己想象得要更优秀、更有能力、更富有创造力，这样你就能发挥出自己的潜力，让自己真的成为优秀的人。

1960 年，哈佛大学的罗森塔尔博士曾在加州一所学校做过一个著名的实验。

新学年开始时，罗森塔尔博士让校长把 3 位教师叫进办公室，对他们说："根据你们过去的教学表现，你们是本校最优秀的老师。因此，我们特意挑选了 100 名全校最聪明的学生组成 3 个班让你们教。这些学生的智商比其他孩子都高，希望你们能让他们取得更好的成绩。"

3 位老师都高兴地表示一定尽力。校长又叮嘱他们，对待这些孩子，要像平常一样，不要让孩子或孩子的家长知道他们是被特意挑选出来的，老师们都答应了。

一年之后，这 3 个班的学生成绩果然排在整个学区的前列。这时，校长告诉了老师们真相：这些学生并不是刻意选出的最优秀的学生，只不过是随机抽调的最普通的学生。

老师们没想到会是这样，都认为自己的教学水平确实高。这时校长又告诉了他们另一个真相，那就是，他们也不是被特意挑选出的全校最优秀的教师，也不过是随机抽调的普通老师罢了。

这个结果正是博士所料到的：这 3 位教师都认为自己是最优秀的，并且学生又都是高智商的，因此，这种心理暗示使他们对教学工作充满了信心，工作自然非常卖力，最终取得了优异的成果。

一个人能够给予自己很高的评价，那么他在做事时，其“气”必所向披靡，尽管事情才刚刚开始，也相当于操一半的胜算了。

大凡自卑的人总是认为自己不行，而别人却无所不能。实际上，别人也许和你一样，你有你的短处，他也有他的弱项，只不过他将这一切掩盖起来而摆出一张自信的脸。有些人沉沦在自卑感的迷雾中，即使自己是坚强的、睿智的，但由于自卑，使自己的一切都发生了质的转变，变得不如从前了。须知，自卑是人生的绊脚石，只有踢开它，人生才能充满快乐以及盎然的生机。

俗话说：“尺有所短，寸有所长”。在你做事的时候，一定要注意培养和发挥自身的长处，避免短处。如果你老拿你的短处与别人的长处比，那你非常容易产生自卑感，挫伤信心。你应该做的是，蜕掉自卑的外壳，变得成熟起来，带着自信的笑容去享受生活的阳光，用行动告诉人们你是个有能力的人，你也可以取得跟他们一样的成功，乃至于超越他们。

自信是成功的第一秘诀

在人生的道路上，有太多的坎坷与困苦，这些因素都可能成为你漫漫征途中的绊脚石。如果想剔除这些绊脚石，就需要建立起强大的自信心，让自信引领你披荆斩棘，一路前行。因为自信是成功的第一秘诀，是所有人取得成就的制胜法宝。

爱尔兰剧作家萧伯纳说过：“有信心的人，可以化渺小为伟大，化平庸为神奇。”自信心是成功的第一秘诀，只有保持自信，才能赢得成功。一个深信自己所从事的事业会成功的人，做起事来自然是狠劲儿十足；相反，一个怀疑自己能力、对未来持怀疑态度的人，他所取得的成就必定非常有限。

苏格拉底是古希腊著名的哲学家，他在晚年知道自己时日不多时，就想考验和点化一下他平时倚重的助手。他把助手叫到床前说：“我的蜡所剩不多了，需要找一根新的把火苗延续下去，你明白我的意思吗？”

“明白，”那位助手说，“您的思想光辉应该被很好地传承……”

“我需要一位最优秀的传承者，”苏格拉底说，“他应该兼备非凡的智慧、信心和勇气……这样的人选直到目前我还未见到，你能帮我找到他吗？”

“我一定努力去帮您找到他”助手郑重地说。

苏格拉底意味深长地笑了笑。

从此，那位忠诚的助手就开始不辞辛劳地四处寻找。尽管他找了很多人，但苏格拉底都没看上。看到助手这么卖力，苏格拉底拍着那位助手的肩膀说："真是辛苦你了，不过，你找来的那些人，其实都不如你……"

"我一定加倍努力，"助手恳切地说，"就算找遍天涯海角，我也要找到您想要的人。"

苏格拉底又是笑而不语。

半年之后，苏格拉底眼看就要告别人世，继承人的事还没影踪。助手非常惭愧，泪流满面地坐在病床边，无比内疚地对苏格拉底说："我真对不起您，让您失望了！"

"失望的是我，对不起的却是你自己。"苏格拉底叹了一口气说，"本来，最优秀的就是你自己，只是你却不够自信，才把自己给忽略、给耽误、给丢失了。"

其实苏格拉底已经暗示了自己的助手，但这个助手仍然不敢相信自己就是导师的第一人选。这个故事告诉人们，其实每个人都非常的优秀，关键是要有自信。自信能产生神奇的力量，它能激发人的潜在能力，让人爆发出超越平时的力量。

有一位男歌手，第一次登台演出，内心十分害怕。想到自己马上就要上场，面对上千名观众，他的手心都在冒汗："要是在舞台上一时忘了歌词怎么办？"他越想，心跳得越快，甚至产生了打退堂鼓的念头。

就在这时，一位前辈笑着走过来，随手将一个纸卷塞到他的手里，轻声说道："这里面写着你要唱的歌词，如果你在台上忘了词，就打开来看。”他握着这张纸条，像握着一根救命的稻草，匆匆上了台。也许有那个纸卷握在手心，他的心里踏实了许多。他在台上发挥得相当好，完全没有失常。

他高兴地走下舞台，向那位前辈致谢。前辈却笑着说：“是你自己战胜了自己，找回了自信。其实，我给你的是一张白纸，上面根本没有写什么歌词！”

他展开手心里的纸卷，果然上面什么也没写。他感到惊讶，自己凭着握住一张白纸，竟顺利地渡过了难关，获得了演出的成功。

“你握住的这张白纸，并不是一张白纸，而是你的自信啊！”前辈说。

男歌手拜谢了前辈。在以后的人生路上，他就是凭着握住自信，战胜了一个又一个困难，取得了一次又一次成功。

生活中才能并不出众、安分守己的人占大多数，殊不知，平凡不等于平庸。伟大出自于平凡，我们的信心多一分，离成功就近一步。其实成功者就是那些拥有坚强信念的普通人。

人与人之间能力的相差其实并不大，别人能做成的事你也能做成，只要你保持自信就行。人的潜能是无限的，你本身具备的潜能可能并未被你所认识，所以要相信自己，敢想敢做，努力挖掘自己的潜力，朝着自己制定的目标努力迈进。

摆脱消极的情绪，才能走出困境

莎士比亚说："逆境使人发奋向上，要是你从未遭遇过失败，为事业着想，也许应该经历一次！"境由心出、业由苦做，没有真正走不出的困境，只要你怀着不屈不挠的精神，努力摆脱消极悲观的情绪，就一定能走出逆境，迈向成功。

在生活中，有很多这样的人，因为境遇不佳，他们终日消沉懈怠、不思进取，最终陷入自暴自弃的漩涡里不能自拔。这样的人会在不知不觉间失去很多成功的机会。其实，每个人的身上都蕴藏着巨大的能量，只要你相信自己并不断努力，你潜在的能量就一定会被挖掘出来，最终作出一番令人赞赏的业绩。

有一位将军率军出征，几次失败之后，他的部下都失去了斗志，士气十分低落。

最后一次出征，将军把所有将士集合在一座寺庙前面，告诉他们："各位部将，今天是我们最后一战，究竟打胜仗还是败仗，我们请求神明告诉我们答案。我这里有一枚钱币，我抛下它，如果正面朝上，表示神明指示此战必定胜利，如果反面朝上，就表示我们将打败仗。"

见此情景，部将与士兵虔诚祈祷磕头礼拜，求神明指示。于是，将军将一枚钱币朝空丢掷，结果正面朝上，众将士顿时欢欣鼓舞，认为这次神明一定会帮他们。后来，这支部队在将军的指挥下，奋勇作战，终于击溃了敌军主力。

凯旋归来后，将军的部将纷纷表示要感谢神明相助。将军这才据实以告："不必感谢神明，其实应该感谢这一枚钱币。"他从身上掏出那枚钱币，部将这才发现，原来这是粘在一起的两枚钱币，两面的图案是一样的。

俗话说："狭路相逢勇者胜"。两军对垒，最重要的就是士气，如果这支军队继续带着这种消极的情绪去战斗，那么他们迟早会全军覆没。

生活中，有些人经常会因为遭遇挫折而引发各种消极情绪。长期下去，这些消极恶劣的情绪得不到消除或缓解，就会直接毁掉一个人的意志，使其变得消沉颓废，一蹶不振。消极情绪往往会干扰人们对事物的判断和评价，它们的出现不仅给人们的工作与生活造成诸多问题，也给他们的事业的成功设置了重重障碍。因此，怎样摆脱消极情绪，对于每个人来说皆是一道关卡，需要用行动作出抉择和回答。

科学家曾做过这样一个实验：把小白鼠放到水池中心，它转着圈子"吱吱"地叫，通过胡须接收反馈的声波，便判定出水池的大小和自己的位置，所以顺利游到水池边上。第二次，科学家将小白鼠胡须剪掉再放到水池，它同样在水中转着圈子叫，但几分钟后，小白鼠便沉到水底死去。

关于小白鼠的死亡，心理学家这样解释：鼠须被剪，小白鼠无法准确测定方位，感觉不到其实很近的水池边沿，以为自己无论如何是游不出去的，因此，它停止了一切努力，自行结束了生命。心理学家最后得出结论：在生命彻底无望时，动物往往强行结束自己的生命，这叫"意念自杀"。

其实，这样的悲剧不仅发生在小白鼠或其他动物身上，在人的身上也时有发生。有报道称：一位病人在得知自己患上了绝症的消息之后，整日抑郁难解，没过多久就死了。后来发现其病例卡被搞错了，他并未身患绝症。击垮他的并不是可怕的疾病，而是悲观消极的情绪。

人生路上，每个人都可能遭遇小白鼠所遭遇的“水池”，有些人在这个时候就像被剪掉鼠须的小白鼠，无限夸大了自己所遭遇的逆境，认为横亘在面前的是厄运的海洋，无论如何也游不出去。他们对自己的处境感到无比绝望，放弃了最后一搏的信念，松开了不该也不能松开的手，任满腔的理想、抱负、雄心壮志，全部淹死在很浅很窄根本就不足以伤害到自己的“水池”里。因此，这世上没有绝望的处境，只有对处境绝望的人。

只有相信自己，才能拯救自己

马克思很欣赏这样一句话：“你所以感到巨人高不可攀，只是因为自己跪着。”在巨大的障碍面前，如果你勇敢地站起来，一定会发现目标其实并不遥远。别人能做到的，自己经过努力也能做到，重要的是接纳自己，只有相信自己的力量，才能把自己从困境中拯救出来。

很多人对自己的能力缺乏信心，一旦在前进的道路上跌倒了，就会一蹶不振，总是奢望能有贵人出现相助自己，却总是一次次失望。其实，这种等待他人帮助的想法无异于“守株待兔”，是非常愚蠢的，关键时刻，你必须依靠自己。

遇到困难，如果你总在指望别人全力以赴拯救你，就会使你失去自救的机会，同时也会抵消自救的力量。人只有确保自己是安全的，才能够向别人表现自己的同情心，如果自顾尚且不暇，自然就没有更多的余力去兼顾他人。在这样的时刻，你不能够怪别人抛下你不顾，一去不回头。逆境中自己拯救自己，才是真理。别人也许会在危难时刻帮助你，但是你不能把别人的帮助当作是你获救的唯一希望，只有自己才能拯救自己。

保罗的工厂宣告破产了，他丧失了所有的财产，成了一个名副其实的穷光蛋，只好四处流浪，像乞丐一样生活着。他无法面对残酷的现实，心里沮丧透了，他想自杀。

一天，他去见牧师。“也许这是最后的一线希望了！”他这样想，在牧师面前他流着泪，将自己如何破产、如何流浪的生活给牧师细说了一遍，诚恳地请求牧师给予指点，帮助他东山再起。

牧师望着他，沉默了一会儿说：“我对你的遭遇深表同情，也希望我能对你有所帮助，但事实上，我也没有能力帮助你。我不过是个牧师啊！”

保罗的希望像泡沫一样全部破碎了。他脸色苍白，不停地自语道：“难道我真的没有出路了吗？”

牧师考虑了一下说：“虽然我没办法帮助你，但我可以介绍你去见一个人，他可以协助你东山再起。”

“这个人会是谁呢？他真的有神奇的力量让我重振雄风吗？”保罗满腹狐疑。

牧师带领保罗来到一面大镜子前，然后用手指着镜子中的保罗说：

“在这个世界上，只有这个人能够使你东山再起，你必须首先认识这个人，然后才能下决心如何做。在此之前，你不过是一个没有任何价值的废物。”

保罗向前走了几步，怔怔地望着镜子里的自己，用手摸着长满胡须的脸孔，看着自己颓废的神色和迷茫的双眼，他不由自主地抽噎起来。

第二天，保罗又来见牧师，他几乎是换了一个人，步伐轻快有力，双目坚定有神。他说：“我终于知道我应该怎么做了，是你让我重新认识了自己，把真正的我指点给我了，我已经找了一份不错的工作，我相信，这是我成功的起点。”

信念，是保证一生追求目标成功的内在驱动力，信念的最大价值是支撑人对美好事物孜孜以求。在人生的路上，如果能够相信自己，多给自己一点信心，以“别人能做得到，我能做得更好”的信念对待自己的人生，那么你的明天一定会更加灿烂辉煌！

爱默生说：“千万不要绝望，即使绝望了，在绝望中仍要继续做下去。”人在步入社会之后，不可避免地要遭遇困难和挫折，这时正是考验你自信心的时候。假如你面对这些能够从容不迫、沉着冷静，那么在以后的人生道路上就没有什么可以阻止你的了。但假如你被它们吓倒了，那就只有失败的结局了，因为从来没有一个缺乏自信的人会取得成功。假如你感到自己的信心不足，那就一定要让自己站起来，加强培养，只有这样，才能使你身上的潜能得到释放，并坚定不移地去实现你的目标，最终获得成功。

参考文献

【1】冯知行 . 用心有术［M］北京：中国城市出版社，2013.

【2】王思渔 . 狠心做事 善心做人［M］北京：新世界出版社，2012.

【3】孔令付 . 不逼自己一把，你永远不知道自己多出色［M］北京：九州出版社，2013.

【4】吕晓斌 . 习惯决定成败［M］陕西：三秦出版社，2012.

【5】张泉 . 狠角色：做人就要狠一点［M］北京：文化艺术出版社，2010.

【6】（美）瑟伦 · 杜蒙特 . 成功从专注开始［M］北京：新世界出版社，2013.

【7】（美）麦克斯韦尔 . 真正的成功［M］北京：中国社会科学出版社，2008.

【8】易君如 . 解密逆境挫折——走出你的逆境［M］北京：海潮出版社，2011.

【9】李贝林 . 人生瞬息万变，你要学会坚持［M］广东：广东旅游出版社，2013.

【10】马银春 ."野心"比信心更重要［M］北京：中国财富出版社，2013.